長嫂好會算

上

文創風 1227

藍輕雪 著

目錄

序文

藍輕雪

這是一個不管身處什麼地方，都始終堅持自我，積極向上的故事。

儘管突然穿越到陌生的朝代，卻沒有顧影自憐，也沒有自怨自艾，在有限的條件下，發揮自己所有的優勢和長處，絕處逢生。

而面對完全不熟悉的親人和家人，沒有挑剔和苛刻，帶著寬容的心情去接受。縱使遇到難處，也會認真去解決。

自古長幼有序，我更喜歡兄友弟恭、互相包容、彼此禮讓的親情。

沒有人是十全十美的，誰都有缺點和不擅長的事情。親人和家人會有，我們自己也一定有。

在我看來，這世上沒有絕對的誰必須讓著誰，也不是說兄姊就必須排在弟妹後面。只要有愛，誰都應該是獨立的個體。

但是不可否認，親人和家人都特別重要。

過於孤獨的滋味，想來很多人都不會喜歡，也無法適應。反之，日日朝夕相對，事事有商有量，和和睦睦的家庭，帶來的是滿滿的正能量，也是令人身心愉悅的滿足氛圍。

希望這個故事帶給大家的是舒舒服服的幸福感，也希望每個人都能遇到值得珍惜和守護的家人，相依相伴。

向陽而生，笑看雲捲雲舒。

第一章

衛繁星沒想到自己會穿越，更沒想到她穿越的古代如此特別。

這裡有朝堂官家，卻沒有奴僕丫鬟；女子不一定要依附他人，可以當女管事、女帳房、女將軍，甚至可以一輩子都不嫁人。

這是一個全新的朝代，只可惜原主已經嫁人，帳房的工作也已經被娘家小弟搶走。

原主也叫衛繁星，生長在鳳陽城，是一個地地道道的城裡姑娘。

如今所處的朝代叫乾元朝，不知道是不是開國皇帝也是穿越的前輩，乾元朝的很多律法制度都有一種似曾相識的熟悉感。

比如說，乾元朝沒有嚴苛的主僕階級，只有地位均等的工人和農民；沒有妻妾成群的深宅後院，只有一夫一妻的合法嫁娶。

再比如，乾元朝不准許私人買賣。城裡每戶人家的孩子自十六歲起，若是沒有工作，都必須有一個下鄉，一視同仁，不能逃避，否則嚴懲。

而這個工作不是隨隨便便就能定的，必須是官府認可且上了登記的正式工才行。

下鄉的男孩子統稱青郎君，女孩子統稱青娘子，而期限是後世人毫不陌生的十年。

待到十年後，這些青郎君和青娘子便能自主選擇是否回到城裡。只不過，屆時物是人非，很多事情又是截然不同的走向，可謂是徹底左右了他們一輩子的命運。

當然，乾元朝跟衛繁星的認知也有著不一樣的地方。比如服兵役，這裡叫徭役，並不是現代極其光榮的象徵，而是送死的徵兆。

因常年征戰，守護邊關的將士們朝不保夕，隨時都可能喪命，乃至平民百姓極為害怕徭役，視其為催命符。

但又因為律法制度，每戶人家都要出一個成年男丁，依舊是以十六歲為基準，於是很多人家不得不含淚送別親人。

不過跟下鄉不同的是，徭役是可以避去的，只要出得起五十兩的銀子。

像原主娘家的二哥衛君易，就是出了五十兩的銀子免了徭役，又順利找到了正式工，安安穩穩留在了鳳陽城。而原主新嫁的夫君紀昊渲，則是眾多去服徭役中的一員。

衛家爹娘都在酒坊工作，雖說只是尋常工人，卻是正兒八經的正式工，還是備受豔羨的雙職工，家境還算寬裕。

衛家一共四個孩子，衛繁星排老三。大姊衛繁雪還沒到十六歲就嫁人，彼時男方三十二歲、二婚、已有一兒一女，很不對等的條件。

若是尋常古代，並不為奇；但是放在乾元朝，就很稀奇了，可謂是被周遭眾人指指點點的事。

但不得不承認的是，衛繁雪因此不必下鄉十年去當青娘子，同時還拿回了三十兩的彩禮錢。

而這三十兩的彩禮錢，加上原主爹娘的二十兩家底，成功保住了二哥衛君易不必去服徭役。

再然後，原主爹娘靠著自己積攢多年的人脈關係，又是上上下下地打點，費盡千辛萬苦，為衛君易在酒坊尋謀到一份正式工，得償所願將長子留在了身邊。

輪到原主這個三女兒的時候，衛家爹娘就不怎麼上心了。

本來原主該是直接下鄉的，沒承想這個小姑娘悶聲幹大事，十六歲這年竟然考中女帳房，機緣巧合下也在酒坊找到了正式工作，還是輕鬆的非體力活，至今已有四年。

四年前的帳房還是很吃香的，不像現下這般泛濫，每個月三百文的薪資，極為光鮮又體面。哪怕原主如今已經二十歲，在乾元朝算得上是大齡姑娘，依然可以僅憑自己的喜好，自主選擇夫君。

更甚至只要原主想，完全可以一輩子都不嫁人，也不愁吃穿用度，不必擔心被人瞧不起。

然而，衛家四弟衛君寶，馬上就要滿十六歲了，上面的哥哥姊姊都留在了鳳陽城，那麼不是徭役就是下鄉，衛君寶肯定得兩者選其一。

衛家爹娘心疼小兒子，咬牙忍著肉痛，還是拿出了五十兩的銀子，直呼掏空了最後一點的家底。

而原主，就是在這個時候被盯上的。

或者說，衛家爹娘一開始就打著這樣的算盤，否則怎麼可能都四年了，也沒見衛家爹娘給原主說親？臨到衛君寶要下鄉了，衛家爹娘突然就給原主定了一門親事，還這麼倉促地將原主嫁了，又扣下原主在酒坊的工作。

起先知曉原主悶不吭聲考中女帳房又順利找到工作的時候，衛繁星還在大力為她鼓掌，讚道好樣的。等看到原主先是老老實實嫁人，隨後又乖乖把工作讓給衛君寶，衛繁星就有些目瞪口呆了。

這一前一後的落差和對比，是不是也太大了點？

接下來，就是極其狗血的發展走向。

紀家的日子並不好過，原主嫁的紀昊渲在成親次日就趕回了邊關，等原主發現紀家沒有任何家底，只有一群幼小需要照拂，心裡就多了濃濃的不甘願。

加之紀家五妹悄悄拿走家中僅剩的一百文銀錢，原主追出去的時候，一個不慎摔倒在地，氣暈過去。

再度醒來，就變成她了。

衛繁星也拿不準原主這個「氣暈」，到底是衝著紀家這門親事，還是衝著紀家的貧困落魄？她只知道，原主丟下的爛攤子，如今得由她來接手了。

對原主的「氣暈」，衛繁星不打算過多點評，畢竟已然無濟於事。

唯一讓衛繁星感到無力的是，原主工作四年，竟然一文的私房錢都沒有。足足四年的月錢，但凡留下哪怕三分之一、五分之一，再不濟十分之一，蚊子再小也是肉啊！

虧原主還是女帳房呢，連這點帳都算不清楚，著實讓人唏噓。

而原主嫁人的時候，娘家叫嚷著沒錢，也是一文銀錢的嫁妝都沒給。這就導致衛繁星的開局委實有些難。

飛快在腦子裡分析著眼下的處境，衛繁星既慶幸又無奈，更多的是對以後生活的衡量和籌劃。

左右她在現代，父母雙亡，孤身一人，也沒什麼值得留戀的。既來之，則安之，躺平認了。

好在這個朝代比她預期的要更好，可以拚搏和操作的空間也足夠大，只要她肯努力，就能博出一片新的天地！

「大嫂，妳終於回來了！」就在衛繁星邊走邊沈思之際，一道溫婉輕柔又夾雜著著急的聲音響了起來。「大嫂不要生氣了。五妹做得確實不對，但她沒有壞心眼，真的！」

思緒被打斷，衛繁星回過神，這才發現自己已經從考場回到紀家了。

此時此刻正跟她說話的小姑娘是紀家四妹，現年十五歲的雙生姊姊，紀佩瑤。

至於紀佩瑤嘴裡的五妹，說的是今日惹出事端的雙生妹妹，同樣十五歲的紀佩芙。

「大嫂，五妹不是故意想要拿走家裡剩下的所有銀錢去揮霍，她只是想要盡快考中女帳房，這樣就能出去找活計，賺回銀錢幫忙分擔家裡的重擔……」紀佩瑤是真的很驚慌，努力解釋著。

「我知道。」看紀佩瑤急得快要哭出來，衛繁星點點頭，回應了這個水一般的溫柔姑娘。

「那大嫂……可不可以不要生氣？我知道我們家裡的日子如今很艱難，也很困窘，但大嫂妳放心，等五妹找到活計，就能拿銀錢回來了。平日家裡的活也不需要大嫂做，我可以全部包攬。還有小六和小七，他們也都十歲了，不管什麼髒活重活，都可以丟給他們；等過兩年他們再大一些，就能出去找些臨時活，貼補家用。咱們家的日子會越來越好的……」

紀佩瑤知道，她說出來的話語何其沒有說服力。

但她不能不說，更不能放任衛繁星這個大嫂如同之前的二嫂那般，一聲招呼也不打就離開這個家。

他們這個家接連失去的親人已然太多，實在禁不住雪上加霜了。何況大哥如今人不在家，若是大哥日後回來發現大嫂不見，豈不是更加傷心？大哥為了這個家犧牲的已經夠多，無論如何，她都要幫大哥留住大嫂。

「好。」衛繁星再度點頭，見紀佩瑤還是急得不行，慣常清冷的臉色稍稍緩和。「佩瑤，妳不用擔心，我出去是有別的事。現在事情解決了，就回來了。」

衛繁星倒也不是說謊。初時來到這個世界，她幹的第一件事，就是跟著紀佩芙進了考場。只不過紀佩芙進的是帳房的考場，她進的則是會計的考場。

如今乾元朝的帳房已經供過於求，不管是男帳房還是女帳房，都不再是人人追捧的香餑餑。

但會計就不一樣了。

帳房每年都開考，需要一百文的銀錢；會計則是三年一考，需要有三年以上帳房工作經驗，且考題難度極高，能考中者少之又少。很多工作多年的老帳房都不敢輕易嘗試，生怕一不小心就砸了自己的口碑。

感恩原主這個女帳房已經做了四年，感恩衛繁星在現代也是會計出身，而且是響噹噹的金牌會計，從業經驗十年有餘。更需要感恩的是，在乾元朝考會計免費，不需要支付任何的銀錢。

於是乎，衛繁星就去了。
而今日的考試，她回答得很順手。至於結果，就得等上一、兩日才知曉了。

第二章

「大嫂真的沒有生氣？那就太好了。大嫂，妳等著，我這就叫五妹過來跟妳道歉賠不是，保證以後不敢再忤逆妳……」

衛繁星這一出去就是兩個時辰，紀佩瑤在家裡越等越心慌，生怕衛繁星一去不回，完全不敢相信衛繁星是有別的事，滿心忐忑不已。

「我又沒做錯！憑什麼要我道歉賠不是？我也是為了這個家好。只要我考中女帳房，就能出去找活計了。要是我每個月都有銀錢發放，咱們家裡所有人都有的吃、有的穿，不怕挨餓受凍，我哪裡做得不對了？」

先一步回到家的紀佩芙本來只是躲在一旁悄悄聽著這邊的動靜，這會兒就耐不住性子，跳了出來。

「五妹，妳還不認錯？咱們家如今是什麼情況，妳不知道？誰准許妳私自把家裡剩下的那一百文銀錢都拿走的？妳就只想著考中女帳房以後去找活計，怎麼也不想想萬一沒考中呢？再不然，即便考中了，就一定能找到活計？如今鳳陽城裡的活計如何難找，妳心裡就沒點數？就算是帳房，也處處都不缺。等到那個時候，咱們這個家又要怎麼過活？」紀佩瑤從來都是一個綿綿軟軟的性子，從未像此刻這般大聲說話，也不曾如此強勢過。「道歉！立刻過來跟大嫂賠不是！」

紀佩芙卻是個吃軟不吃硬的暴脾氣，哪怕心裡很清楚紀佩瑤說得沒錯，可她嘴上就是不肯承認，更不肯輕易低頭。

「我就是沒錯！我也是為了這個家裡好！就一百文銀錢，即便我不拿走，又夠咱們家過幾天日子？再說了，就算我要道歉，憑什麼是向她道歉？她才嫁來咱們家幾日，又能在咱們家待幾日？」

突然被紀佩芙的手指頭明晃晃地指中，衛繁星神色不變，認真聲明立場。「離開你們家，我好像也去不了任何地方。」

「誰信妳？妳不就是不想下鄉去當青娘子，才答應嫁來咱們家的嗎？咱們家要是從前的日子，妳當然捨不得離開，可如今咱們家這般情況，說不定妳一夜起來就偷偷跑走了！」紀佩芙氣呼呼地轉過頭，瞪著眼睛怒道。

「跑哪兒去？當青娘子？」被紀佩芙的指控逗笑，衛繁星反問道。

紀佩芙愣住，隨即不肯服輸地咬咬牙。「我哪知道妳要跑哪兒去？說不定就回妳娘家啊！」

「所以妳覺得我在娘家還有退路？我娘家條件確實還行，但我二哥是拿了我大姊的彩禮銀子免徭役，我小弟呢，是搶走我的活計，這才得以不必去當青郎君。我雖然嫁來你們家不用當青娘子，可我也沒帶來任何的嫁妝。妳是從哪裡看出來，離開你們家以後，我娘家願意收留我的？」

就事論事，衛繁星沒有自揭傷疤的痛，也沒刻意為娘家遮醜。

「妳沒帶嫁妝，難道不是因為我們家也沒給彩禮？」衛繁星的語氣太過自然，難免生出些許同情的紀佩芙抿抿嘴，雖然面色依然倔強，但是語氣明顯不再那般咄咄逼人。

「你們家沒給彩禮，是早先就談好的。我娘家既然答應了，就沒有其他可說的。可我之前做酒坊女帳房的活計，每個月都有三百文的薪資，難道不值當帶點嫁妝當私房錢？」

原本衛繁星不必跟紀家姊妹解釋這些，但明顯因為那位二嫂的前科，紀家如今對她很是排斥。她想要在紀家安穩度日，就得先把話都說清楚了。

當然，她也可以如紀佩芙所說的那般，直接離開紀家。以她的本事和能耐，絕對餓不死自己，更不至於走投無路，反而還會過得更瀟灑自在。

只不過，衛繁星做人有自己的一套準則。凡事都講究因果，她既然來了這裡，沾了原主的因，就肯定得受原主的果。

像原主的娘家，得了原主的工作，撇開了原主這個女兒，自然也就斷了彼此之間的恩怨。原主自己都沒反抗，衛繁星想當然不會故意生事。

而紀家這邊，原主倒是有些不甘願，衛繁星卻不以為然。

這門親事是原主娘家定下的，也是原主自己首肯的。如同衛繁星方才說的，原主得以避開青娘子的命運，承的是紀家的恩。

既然承了恩，理所應當就要回報。最起碼衛繁星的為人就是如此。

至於原主如何想，衛繁星就不考慮了。

畢竟在她這裡，原主哪怕要怨懟，也應該怨懟娘家的狠心，以及自己的逆來順受。但凡原主的腦子清醒點，也不至於一手好牌打成稀巴爛，氣得自己一命嗚呼。

更別說原主今日生氣追出門的點，落在衛繁星眼裡，根本算不得什麼。

恰恰相反，衛繁星挺欣賞紀佩芙這個小姑娘的果斷和勇敢。

比起衛家能夠接連拿出兩回五十兩銀子的富足，紀家現今的情況確實比較糟糕。

曾經，紀家爹爹紀明和還在世的時候，紀家的日子尚且算得上小康。彼時紀明和是學堂的夫子，才華橫溢，教書育人，頗受尊敬。

紀母雖然沒有工作，卻是一位極其賢慧的婦人，將家裡打理得井井有條，家中兒女也照顧得妥妥當當，無時無刻不是紀明和的賢內助。

有她在，紀明和才能安安心心在學堂殫精竭慮，大展宏圖；這個家，才得以溫馨和睦，其樂融融。

或許是紀母真的很會教導孩子，紀家的兒女都特別懂事，也特別爭氣有擔當。

因紀家二哥紀昊辰從小就繼承了爹爹的衣缽，專心努力讀書科考，紀家大哥紀昊渲在年滿十六歲這一年，義無反顧地前去邊關，承擔了這個家的徭役名額。

紀家三姊紀佩琪更是提前兩年就報名下鄉，帶著淺淺的堅定笑容，才剛十四歲就離家去當了青娘子，直打了紀家人一個措手不及，偏偏又無力回天。

徭役和下鄉都占去了名額，紀家剩下的孩子們毫無疑問得到了極大眷顧。除了紀昊辰以外，排在第四和第五的紀佩瑤和紀佩芙，以及第六和老么的紀彥宇和紀彥坤這對雙生子，都可以安安穩穩地留在鳳陽城了。

親人分別，自是思念難擋。但律法所在，在初時的萬般不捨之後，紀家的日子漸漸歸於平靜。

待到紀昊辰娶妻余蕓兒，為紀家生下一對活潑可愛的龍鳳胎，紀家開始多了歡笑和熱鬧。

一切看上去都是那麼美好，然而這個家的變故和轉折點，就是在紀昊辰去乾元城考舉人的時候發生的。

紀昊辰讀書是真的厲害，也很刻苦，本就天資聰穎，加上大哥和三妹的犧牲和禮讓，激發了他極大的動力和鬥志，一門心思想著盡快入仕封官，回報家裡多年的辛苦培養。

事實上，他也做到了。苦讀十數年，紀昊辰一路高歌，先是童生再是秀才，名次十分耀眼。

眼看著就要再進一步，考中舉人，順利更換門楣，誰承想突然就傳回了失足落水的死訊。

噩耗傳回紀家的那一刻，原本晴朗無雲的天就開始塌了。

首先是爹爹紀明和，怎麼也不相信一貫穩重可靠的二兒子會失足落水，堅決要去乾元城查個究竟。

卻不知道紀明和在乾元城發生了什麼，一個月後，紀家再度等來紀明和去世的噩耗。

接連失去兒子和夫君，柔弱溫和的紀母到底沒能承受住打擊，很快便病逝。

一個、兩個、三個……禍不單行的是，紀家二嫂余蕓兒，毫無預兆於一夜之間消失不見，連帶捲走了她手裡的紀家家產。

沒錯，在余蕓兒嫁來紀家之後，紀家的家底就交給她掌管。誰也沒想到她會在紀家最艱難的時刻捲款逃走，更沒想到她連一雙親生兒女都不管不顧地拋棄了。

而被紀佩芙拿走的那一百文銀錢，其實是紀佩瑤、紀佩芙連帶兩個弟弟僅有的私房錢總和。同時，也是這個家最後剩下的家底了。

紀昊渲是在余蕓兒消失不見之後，才緊急趕回鳳陽城。原主，也是在這之後嫁來紀家。

身在邊關服徭役，紀昊渲能夠及時趕回來，已經實屬難得。然而時間太趕，他匆匆回、匆匆走，根本來不及做任何準備，只能將帶回來的銀錢盡數都交給紀佩瑤這個妹妹打點。

三位親人的葬禮，因為不想爹娘和二哥走得過於寒酸，儘管紀佩瑤很是精細打算，到底還是沒能留下多的。

幾個孩子的私房錢，是紀佩瑤生怕新過門的大嫂心有埋怨，特意說服紀佩芙和兩個弟弟拿出來的。

只不過，紀佩芙實在太想要考中帳房，這才有了今日的波瀾。

「妳當女帳房的時候，真的每個月都有三百文的銀錢？」聽著衛繁星的解釋，最是在意帳房工作的紀佩芙難免就被帶偏了。

「對，有。」衛繁星肯定地點點頭，望著紀佩芙驟然間發亮的雙眼，到底還是實事求是地潑了一盆冷水過去。「但是如今的鳳陽城根本不缺帳房，哪怕妳考中了女帳房，也很難找到活計。」

第三章

「可我總要試上一試的，不是嗎？萬一呢？萬一我就找到活計了呢？」難得的，紀佩芙沒有被打擊到，反而躍躍欲試，充滿了憧憬和嚮往。

衛繁星先是愣了一下，隨即讚許地點點頭。「也對。」

「妳也覺得我做得對？」懷疑地看著衛繁星，紀佩芙的臉上盡是警惕。「妳之前不是氣得追去考場了？」

「我是去了考場，但不是追妳去的。」終於找到機會澄清，衛繁星自然不會錯過。「我是去考試的。不過，我考的是會計。」

「會計？妳去考了會計？」這一下，不單單是紀佩芙，連旁邊的紀佩瑤都震驚了。

「就像佩芙剛剛說的，我總要試上一試的，不是嗎？萬一我就考中了呢？」衛繁星的臉上露出燦爛又自信的笑容。「等到那個時候，咱們這個家才是真真正正的，什麼也不用愁了。」

乾元朝的會計難考，屈指可數；與之相對應的，會計的待遇也極其高，地位更是備受推崇。

如果衛繁星考中會計，率先就能每年得到朝廷發放的十兩銀子俸祿，而她接下來的工作安排，也完全不需要自己擔心，朝廷會自發擇取最好的位置分給她。

由朝廷分發工作，想也知道不單單是極大的榮耀，更多的是豐厚的薪金和福利。這些都是原主之前一個小小的女帳房，完全不能比擬的。

「妳真的能考得上？」紀佩芙才不相信，這個剛嫁到他們家的大嫂能有這麼大的本事和能耐，怕不是被逼得退無可退，走投無路之下病急亂投醫吧！

「不管大嫂能不能考上，這都是好事。」紀佩瑤也不相信衛繁星能夠考上。不過震驚過後，她的反應是支持和贊同，沒有一丁點猶豫和質疑。

這對姊妹花容貌相似，性格卻是南轅北轍，落在衛繁星眼裡，甚是有趣，也特別新奇。乃至於，衛繁星對她們就多了幾分耐心。「反正都已經考了，等上一等就知道結果了。」

聽衛繁星這麼一說，紀佩芙張張嘴，下意識想要反駁兩句，卻被紀佩瑤搶先了。

「對對對，考完了就不說旁的了。大嫂餓不餓？我給大嫂留了飯，大嫂快去吃。」紀佩瑤邊說邊指向廚房。

「是有些餓了。謝謝佩瑤。」摸了摸自己的肚子，衛繁星也沒矯情，直接走向廚房。

留下紀佩芙不高興地朝著紀佩瑤嘟囔道：「我也沒吃飯。」

「先讓大嫂吃飽，妳吃剩下的。」紀佩瑤不是故意苛刻親妹妹，但家裡前前後後發生了太多變故，直接就導致他們家現下的口糧嚴重不足。想要支撐到十日後糧站發放每月的口糧，就只能省著再省著了。

「憑什麼呀？」紀佩瑤的聲音很小，紀佩芙不高興的反駁聲也很小。

儘管不是很樂意，事實上，紀佩芙很聽紀佩瑤的話，也認可紀佩瑤的安排。

每每想到家裡如今的處境，紀佩芙就不得不慶幸，他們家所有的人都是鳳陽城戶籍。哪怕一對侄子侄女才剛三歲，但是按著律法，每個月也能領到相對應的口糧。

只不過兩個弟弟都是半大小子，正是長身體的時候，最是禁不住餓。按著人頭算，每個月都有他們自己的口糧，怕是也很難吃飽……

去廚房晃了一圈，衛繁星很輕易就看出了紀家現下的窘況。

望著幾乎快要見底的米缸，再看看紀佩瑤特意留在鍋裡的飯菜，衛繁星沒打算一個人獨吞，而是找來兩個碗將飯菜一分為二，端出來遞給了紀佩芙。

「我不餓，妳吃。」紀佩芙明顯地嚥了一口口水，略顯狼狽地移開了視線。

「吃吧！我一個人哪吃得了那麼多？」強行將碗塞到紀佩芙手裡，衛繁星隨意在院子裡找了張椅子，坐下來埋頭開吃。

溫熱的碗捧在手裡，紀佩芙眼神掠過一絲複雜，又望了衛繁星兩眼，確定衛繁星沒有過來爭搶的意思，她到底沒再掙扎，咬牙接受了。

飯菜進嘴，衛繁星意外發現，紀佩瑤的廚藝挺好的，家常小菜都能做出美味來。

下意識地，她抬起頭看了過去。

就望見紀佩芙自己吃兩口，又往紀佩瑤嘴裡塞一口飯菜的畫面，心下猛地一堵。衛繁星直到這會兒才確切有了「紀家的孩子們已經開始餓肚子」的真實感。

想想紀佩瑤和紀佩芙這兩個才剛十五歲的小姑娘，再想想那對只有十歲的雙生子，以及小一輩的三歲龍鳳胎……

也無怪乎紀佩芙那般迫切想要考中女帳房去找活計，也無怪乎紀佩瑤之前那般小心翼翼，想要討好她這個才剛嫁過來的大嫂。

誰不想無憂無慮，快樂長大？不過是情勢所逼，不得不為之罷了。

不過，這兩個小姑娘都沒有消沈，也沒有逃避，各有各的盤算，各有各的主見，都挺好的，也都很優秀。

無形間再度給紀家這對雙生花刷高了印象分的衛繁星，並未第一時間做出任何表示，只是默默吃完碗裡的飯菜，回屋休息去了。

這一上午折騰下來，著實耗費心力和腦力，她得盡快養精蓄銳，才能不掉隊。

望著衛繁星進了屋子，紀佩芙糾結地扭過頭。「她……是要留下來？」

「應該是的……」紀佩瑤也不是很確定，但她真心希望衛繁星不要離開。「五妹，咱們以後都乖乖的，什麼都聽大嫂的，好不好？」

「妳要聽妳聽，我才不聽。」紀佩芙輕哼一聲，彆扭道：「妳也不怕她哪天悄悄溜了。她可比咱們前面那位二嫂更厲害，她以前是女帳房。」

「妳也說了是以前，她如今不是了啊！」紀佩瑤哪裡不擔心，只是不想承認罷了。

「如今不是，以後呢？說不定就真的撞大運，當上了會計。」

紀佩芙萬萬沒有想到，她不過是隨意敷衍的回答，竟然真的一語中的，變成了事實。

當日下午，衛繁星一覺尚且沒有睡醒，糧站的工作人員就已經找上門了。

不敢置信地聽著來人的道賀，紀佩瑤和紀佩芙都不敢伸手去接一併送來的十兩銀子，以及地上滿滿當當的各種福利。

這可是糧站！掌管著整個鳳陽城所有人口糧的糧站！

等聽到動靜的衛繁星睡眼矇矓地走出來，兩個小姑娘依然處於滿滿的震撼之中。

「衛會計！」一見到衛繁星出來，糧站副總帳房李嬌嬌就喊出聲來。

隨即，糧站站長孫天成和總帳房梅昌振，也都自我介紹起了來意。

一陣寒暄之後，衛繁星總算弄清楚了是怎麼一回事。

整個乾元朝的會計都很少，鳳陽城就更別提了。至今為止，也就出了衛繁星這麼一位，堪稱是稀世珍寶。

乃至於今日上午的考試成績一出來，立馬就驚動了知府大人。幾乎是迅雷不及掩耳之勢，衛繁星便被安排到糧站這一關乎整城人口糧的重要命脈上。

隨即，糧站站長、總帳房、副總帳房親自出馬，一起來到了紀家，送上十兩銀子的同時，也一併提前送來了聘書，以及糧站各種的福利。

衛繁星本來還以為起碼得等個一、兩日才知曉結果，沒想到這麼快就有了結局。

倒也挺好的，免得她時不時還要擔心到底會不會出現什麼不可預知的意外……

迅速進入狀態，衛繁星熱絡地跟未來的上司和同事攀談起來。

待到確定好她的福利、待遇，又再三應允明日清早就去糧站報到，衛繁星這才起身將孫站長他們一行人送走。

「四姊，妳掐掐我，別是真的吧？」都好一陣工夫過去，紀佩芙總算找回自己的聲音。

「這些東西都是咱們家的了？」

「是、是的吧……」紀佩瑤也在打顫，總覺得一切都在夢裡，那麼虛幻，又那麼不真實。

「真的、真的！銀子擺在妳們面前，大米、肉和油也都放在咱們家的地上，還能是假的？」好笑地一手拉過一個小姑娘，衛繁星不客氣地使喚道：「趕緊的，把地上這些東西都收拾好。還有一些沒拆開的，也都打開看看裡面都是啥。」

「哦。」紀佩瑤肯定是乖乖聽話的，蹲在地上開始拆包。

要是別的時候，紀佩芙可不會如此輕易就任憑衛繁星使喚，可眼前都是貨真價實的吃食，她哪受得住誘惑？

幾乎是同手同腳的，紀佩芙走向了地上那一堆的東西。

「大嫂，有點心、糖果，還有鹽！」紀佩瑤聽說過糧站福利好，可她完全沒有想到，糧站的福利竟然如此豐厚。

「這邊居然是布？」紀佩芙剛剛摸在手裡的時候就懷疑，沒想到拆開一看竟然是真的，直令她激動不已，驚呼出聲。

「都還行。分量算不得多，但種類齊全。」衛繁星也在打量這些東西。

必須得承認，糧站送來的福利出乎她意料地好，但是，人肯定不能如此簡單就滿足，她的架子還是要端上一端的。

「這是還行？妳……」紀佩芙忍不住就想懟衛繁星兩句，提醒衛繁星做人不能太不知足。

「四姊！五姊！余家要搶走璃洛和暮白！」就在這個時候，紀家大門被大力推開，傳來紀家七弟紀彥坤的喊叫聲。

第四章

「什麼？」紀佩瑤和紀佩芙同時站起身，下意識就要往外面衝。

衛繁星用了三秒鐘的時間理清楚，余家是那位捲款逃走的二嫂余蕓兒的娘家，同時也是龍鳳胎的外家，隨即攔住了紀佩瑤。

「先把事情問清楚。」

「大嫂，來不及說了！妳不知道，余家根本不是什麼好人，他們一直都想要將璃洛和暮白搶過去當招生子。」紀佩瑤急得快要掉下眼淚。

「狗屁的招生子！自家生不出孩子，就想搶別人家的孩子！早先爹娘和二哥還在的時候，他們哪敢這般做？」紀佩芙氣得罵人，抄起院子裡的竹竿就衝了出去。「大不了我就跟他們拚了！」

「五姊，等等我！」回來報信的紀彥坤連氣都沒有喘匀，再度追了上去。

「大嫂，我也要去！」被衛繁星拉著胳膊的紀佩瑤到底還是沒忍住地掉下眼淚。「余家人很兇的，五妹一個人根本不行。」

「那是他們沒見過我。」

凶？衛繁星可不怕。

安撫地拍了拍紀佩瑤的胳膊，衛繁星朝著門口努努嘴。「帶路。」

「大嫂妳也要去？」不敢置信地看著衛繁星，紀佩瑤一時間忘記了害怕和恐懼。

「不然呢？就妳們兩個十五歲的小姑娘，外加兩個十歲的男娃娃，能打得過余家人？」衛繁星一臉理所當然反問道。

「可、可大嫂，妳也打不過……」紀佩瑤的聲音在衛繁星似笑非笑的注視下，越來越小。

「我說的打，可不是打架。」輕輕拍了拍紀佩瑤的腦袋，衛繁星索性自己先往外走。

「別磨蹭了，小心去晚了，咱們家幾個小的被欺負。」

被衛繁星這麼一提醒，紀佩瑤再也顧不上其他，著急忙慌就跑上前去帶路。

余家距離紀家不算遠，十幾分鐘的路程。紀璃洛和紀暮白到底只有三歲，家中長輩接連過世，直把他們嚇得不輕，以至於他們對余蕓兒這個娘親就生出了極大的依戀。

偏生余蕓兒突然消失不見，兩個孩子一時間驚慌無措，本能就想找娘，吃也不吃、喝也不喝，夜裡更是不肯睡覺。

紀佩瑤這個姑姑心疼姪子姪女，今日特意早早做好了午飯，讓兩個孩子填飽肚子，又交代紀彥宇和紀彥坤這兩個小叔叔跟著，一起去了余家。本意是想要向余家打探余蕓兒的下落，沒承想余家竟然想要強行扣下兩個孩子。

一路心慌地趕向余家，紀佩瑤別提多懊悔了。早知道，她就不讓璃洛和暮白來余家了！

同一時間，才剛三歲的紀璃洛和紀暮白正被十歲的紀彥宇護在身後。

兩個小的已經被嚇得面色發白，雙眼滿含淚水；大的則是一臉警惕，如小狼狗般凶狠地瞪著面前的余家人。

「哎喲，璃洛和暮白這是怎麼了？外婆就是想抱抱你們，你們怎麼還躲得那麼遠？來來來，都跟外婆進屋，外婆拿糖給你們吃。」

余家外婆沒想到紀璃洛和紀暮白竟然如此不好收買。

區區兩個三歲的奶娃娃，她本以為輕輕鬆鬆就能拿下來，所以之前根本沒打算來軟的，準備直接將兩個孩子扣在家中不放人。

哪想到兩個孩子這般機敏，一發現不對勁，立馬跑到紀彥宇的身後躲了起來。

更沒想到紀彥坤那個臭小子居然跑得那麼快，跟條泥鰍似地說竄就竄走了。余家三舅緊隨其後追出門，都沒能把人攔下來。

想也知道紀家那兩個雙生姊妹很快就會過來，余家外婆只覺得麻煩，倒是沒怎麼著急和驚慌。

如果來的是紀家那個在邊關服徭役的老大，她肯定得顧念些自家人的安危。但紀佩瑤和紀佩芙，一個嬌滴滴的小姑娘，一個只會橫衝直撞的野丫頭，都不足為慮。

說起來，余家外婆是真的很眼紅紀家的子嗣緣，怎麼就這麼會生呢？又是雙生子、又是龍鳳胎的，好運氣跟瞎了眼似的，全都落在了紀家。

哪怕是雙生花也行，給他們余家分些福氣，余家外婆保證不嫌棄。

「是啊、是啊！不然，璃洛和暮白跟三舅母說，你們想吃什麼？三舅母都買給你們，成不？」跟在余家外婆後面，余家三舅母努力擠出慈愛的笑容，試圖哄道。

不過這位余家三舅母平日凶神惡煞母老虎的模樣太過深植人心，哪怕她露出再多的笑容，也是無濟於事，根本就騙不住紀璃洛和紀暮白。

「跟這兩個小的說什麼？直接找繩子捆住，好生關在屋子裡餓上兩天，看他們聽不聽話！」已經耗費不少時間在這兩個孩子的身上，余家三舅開始不耐煩了。

他又不是真的要這兩個孩子當兒子和閨女，不過是想要將這兩個孩子留在家裡養上兩年，把他們的福氣引到自家人的身上；等他自己的孩子出生，這兩個孩子也就沒什麼用處了。

想當然，余家三舅不可能真心對紀璃洛和紀暮白好，也拿不出多餘的耐心和溫情。

余家外婆這一輩子共有兩個兒子、三個女兒，三個女兒沒什麼好說的，兩個兒子都是她的心頭寶。尤其是長子服徭役不到半年就死去之後，余家外婆對唯一剩下的這個兒子可謂言聽計從。

此刻也是這樣，余家三舅一開口，余家外婆立馬就要執行，扭身便去找繩子了。

余家三舅母本來也不是什麼溫和性子，一看軟的不行，她也懶得繼續假裝慈愛，索性就雙手叉腰，露出了真面目。

「讓你們不聽話！看，你們三舅生氣了吧！要把你們兩個小崽子關起來餓幾頓，看你們怎麼辦！」

「妳少說兩句！趕緊的，先把兩個崽子摁住，省得他們跑了。」余家三舅一邊說，一邊朝著紀彥宇三人走過去，顯然是要自己動手了。

余家三舅母當下就來了精神，搓著手，樂呵呵地跟在後面。

「弟弟，你先跑。」關鍵時刻，三歲的紀璃洛雙手推了推紀暮白，聲音打著顫，卻沒有退縮。

「我不跑。」紀暮白搖了搖頭，語氣忽然就鎮定了下來。「讓六叔抱著姊姊跑，我留下。」

紀彥宇卻是有些後悔自己留下了。若是留在這裡的是更擅長打架的紀彥坤，肯定不會被逼得這麼狼狽。

可另一方面，紀彥宇又著急，即便紀彥坤帶著兩個姊姊及時趕來，他們姊弟四人又哪是余家人的對手？

只看余家三舅這五大三粗的樣子，紀彥宇心裡的不安便劇增。

然而，心裡再擔心著急，紀彥宇面上也沒有露出太多情緒，只板著臉護住兩個孩子，不退讓半分。

見紀彥宇如此不識相，余家三舅不耐煩地「嘖」了一聲，伸手就要推開紀彥宇。

紀彥宇咬咬牙，正面跟余家三舅動起手來。

余家三舅母趁著這個機會，帶著猙獰的笑，撲向了紀璃洛和紀暮白。

紀璃洛猛地將紀暮白往旁邊一推，一口咬住了余家三舅母的胳膊。

「哎喲喂！小崽子居然敢咬人?!」

這邊，胳膊傳來劇痛，余家三舅母下意識就要揚起另一隻手打紀璃洛。

紀暮白反應過來，如一頭小牛般衝了過來，學著紀璃洛的樣子，咬住了余家三舅母還沒揚高的手。

「痛痛痛！」余家三舅母痛呼連連，就要用力甩開兩個孩子。

紀佩芙和紀彥坤就是在這個時候趕到的。

沒有任何猶豫，姊弟倆很默契地同時出手。紀佩芙手中的竹竿狠狠敲向余家三舅母，紀彥坤則是「嗷」的一聲跑上前去幫紀彥宇。

別看余家三舅五大三粗，對付一個紀彥宇還算俐落，多了紀彥坤之後，立馬就開始吃力了。

兩個半大的孩子力氣說大不大，說小也不小，尤其紀彥坤特別滑溜，又是拳打又是腳踢，速度飛快，動作敏捷。沒一會兒，余家三舅就重重挨了好幾下。

余家三舅母就更不必提了，兩個小的咬著她，紀佩芙的竹竿又接連敲在她的頭上、身上，哪兒都痛。沒堅持兩下，她就鬼哭狼嚎起來。

等衛繁星和紀佩瑤慢一步趕到余家，幾個孩子已經開始占上風了。

「璃洛！暮白！」顧不上其他，紀佩瑤第一時間跑過去要抱住兩個小的。

紀璃洛和紀暮白也發現四姑姑來了，潛藏的委屈和害怕齊齊湧上來，同時鬆開嘴，哭著奔向紀佩瑤。

眼看姑姪三人可憐兮兮地抱成一團，衛繁星不由好笑。

這也沒吃虧啊！好樣的！

再看紀佩芙這邊痛打余家三舅母，紀彥宇和紀彥坤兄弟兩人默契配合，揍起了余家三舅，衛繁星樂得清閒，嘴角帶笑地站在一旁。

「娘！趕緊的！出來把兩個小的捆住！」

實在不是紀家兩個小子的對手，余家三舅不要臉地開始搬救兵。

余家院子裡一片混亂，余家外婆找好繩子走出來的時候，局面跟她預期得完全不一樣。

她倒是想先去幫兒子，但又不能不聽兒子的話，只能加快腳步去捆紀璃洛和紀暮白，嘴上還罵罵咧咧地道：「不識好歹的小崽子，看老娘晚點怎麼收拾你們！」

第五章

看余家外婆竟然還想強行捆人，衛繁星臉色冷了下來，逕自走過去，擋在紀佩瑤三人的面前。

「老太太，奉勸妳一句，安分點。」

「哪裡來的小蹄子，還敢管我們余家的事？滾遠些！」余家外婆不認識衛繁星，甩著手中的繩子繼續往前走。

衛繁星嗤笑一聲，一手拽住余家外婆甩來甩去的繩子，兩三下就把罵罵咧咧的余家外婆捆成了粽子，順手推向了正被竹竿敲腦袋的余家三舅母。

論起身手，余家外婆可不是她的對手。

「哎喲！」再然後，胖乎乎的余家外婆撞上猝不及防的余家三舅母，婆媳兩人摔成了一團。

這下，正好方便了紀佩芙。

完全不費吹灰之力，紀佩芙手中的竹竿敲完余家三舅母，再接著敲余家外婆，直敲得兩人哀叫連連。

紀佩瑤眨著眼睛看向這一變故，就連紀璃洛和紀暮白也忘了哭，震驚得張大了嘴巴。

無意間瞥見這一幕的紀彥宇和紀彥坤，瞬間有了鬥志，更英勇地揍起了余家三舅。

余家三舅又要分神扭頭看余家外婆和余家三舅母是什麼情況，又要應對紀彥宇兩兄弟的來勢洶洶，一個不小心躲閃不及，狠狠撞在牆上，徹底敗下陣來。

「棒！」衛繁星高舉雙手，朝著紀佩芙和紀彥宇兩兄弟豎起了大拇指。

「怎麼回事？」

一個飽含怒氣的質問聲響起，余家外公回來了。

跟他一起出現的，還有余家其他幾個叔伯以及堂兄弟們。毫無疑問，這是被人通風報信了。

「誰給你們的膽子，敢在我們余家的地盤上打人？不想活了是不是？」伴隨著余家人的咆哮，局勢再度逆轉。

紀佩芙和紀彥宇兩兄弟也都停了下來，不約而同跑向紀佩瑤，神色戒備地圍成圈，嚴嚴實實擋住了正中間的紀璃洛和紀暮白。

對比余家這群莽漢，紀家又是姑娘又是小孩，實在是不夠看。

紀佩瑤他們自己儼然也知道自家人不占優勢，緊抿著嘴唇，一聲不吭。

衛繁星就不一樣了。

雙手響亮地拍了拍，衛繁星一臉輕鬆，走到院子中間站定。

背後是高度警戒的紀家人，前面則是迎向興師問罪的余家人，衛繁星冷笑出聲。「我也想問問，是誰給你們余家人的膽子，竟然敢在光天化日之下，強行扣住我們紀家的孩子，還帶拿繩子捆的？」

「妳是紀家新娶的媳婦？」紀家幾個孩子，余家外公都認識，就只有衛繁星，是陌生臉。

「看來余家還有長了眼的。」沒有否認自己身分，衛繁星的回答很不禮貌。

余家外公拉下臉來，意味深長地威脅道：「妳一個姑娘家，說話不要這麼衝。」

「沒辦法，誰讓我有本事、有能耐，今天上午剛剛考中會計，正膨脹嘛！」全然不懼余家外公的威脅，衛繁星一臉的小人得志。

余家外公聽不太懂「膨脹」，但他能意會衛繁星的囂張。本是極其憤怒，卻又不得不因衛繁星話語的內容而生出忌憚。「妳考中了會計？」

「假的吧？咱們整個鳳陽城從沒有人考中會計過！」

「糊弄誰呢？真當咱們都是好騙的？」

「哪裡來的瘋婆子，胡說八道什麼呢？」

衛繁星還沒開口，反而是余家人率先出聲了。他們的反應，無一不是質疑衛繁星說謊。

衛繁星就笑了。

真不真的，她還真沒必要跟這些人解釋。

「該說的都說清楚了，警告你們佘家人，以後別再打我紀家任何一個孩子的主意。再有下一次，我直接告到官府去！」該知會的已經說完，衛繁星直接帶著紀佩瑤他們走人。

「不能放他們走！打了咱們一家子，還想走人？沒門！」終於從地上爬起來的佘家外婆氣呼呼嚷道。

「那就找官府說理去。」衛繁星一臉淡定，不見絲毫懼色，反而還頗為贊同地點了點頭。「正好，我也想跟你們佘家算算，佘蕓兒偷走我紀家銀錢的帳。」

「算、算什麼帳？佘蕓兒都嫁去你們紀家了，是你們紀家的人，關我們佘家什麼事？」

說起佘蕓兒逃跑這事，佘家外婆也是一肚子的火氣。

死丫頭居然一文銀錢也沒拿回娘家，吃裡扒外的白眼狼，真是白生養她了！

「關不關事的，跟我說沒用，要官府說才行。不然，我明兒帶著家裡幾個小的上磚窯說去？」視線掃過一眾堵門的佘家人，衛繁星一副好商量的語氣。「佘家諸位是在磚窯幹活的沒錯吧？咱們一併找磚窯管事的評評理，想來也是能討個說法的。」

「妳敢！」佘家人自認都是要臉的。真要找去磚窯，豈不丟他們的人？影響要是太大，說不定還會害他們丟了活計！

「這有什麼不敢的？家裡的孩子都要被搶走了，我這個大伯母還能乾看著，什麼也不做？不說喪良心，傳出去也不好聽不是？」

衛繁星說話的同時，故意往余家左右兩邊的圍牆看了看。

她方才就注意到，余家左鄰右舍的圍牆上有人在探頭探腦，保不齊已經聽完了全程。其中到底誰對誰錯，不想惹事的人或許不會亂說，但有好處的時候，肯定也少不了站出來說句公道話的「正義使者」。

余家外公再度沈下臉來。

他是真沒想到，紀家新過門的這個兒媳婦竟然如此厲害，非但油鹽不進，還特別會扯大旗威脅人。

只看衛繁星如此理直氣壯的模樣，余家外公不得不懷疑，衛繁星是真的有底氣、有仰仗。

「妳真考中會計了？」其他事情都好說，唯獨這一件，著實讓余家外公如鯁在喉。

「我明日清早便要去糧站報到，不如諸位在糧站大門外等上片刻，也好眼見為實？」跟聰明人說話，就是簡單又輕鬆。

衛繁星也不喜歡一個勁兒地掰扯，等的就是余家外公的「警醒」。

「這麼快就安排好了活計？妳不是上午才考完試？」生性多疑的余家外公忍不住動搖

了。

「上面安排下來的，咱們這些平頭小百姓敢有不從的？」衛繁星嘴裡的這個「上面」，就很有深意了。

余家外公沈默下來，死死盯著衛繁星，試圖從衛繁星的臉上找到哪怕一絲一毫的心虛。然而，什麼也沒有。

好一會兒後，余家外公咬咬牙，按捺著被人冒犯的火氣，低聲道：「讓他們走！」

「當家的！」

「爹！」

余家外婆和余家三舅同時出聲，極其不滿。

「都閉嘴！」不耐煩地吼完余家外婆和余家三舅，余家外公咬牙切齒地看向衛繁星。「妳這閨女最好沒有撒謊，否則——」

衛繁星聳聳肩，笑得甚是燦爛，也不回應余家外公的恐嚇，只扭頭看向紀佩芙和紀佩瑤。

「妳們兩個丫頭磨蹭什麼呢？家裡那一地的福利都收拾好了？又是大米、又是油鹽、又是糖果點心的，妳們也不怕咱們都不在家，招了小偷進屋。到時候沒得吃、沒得喝了，妳們可不許哭。人家糧站站長和總帳房親自送上門的福利，我也不好意思跑去糧站賴帳，說根本沒有收到啊……」

「啊！十兩銀子！」比起那一地的福利，紀佩芙更擔心剛才送到他們家的十兩銀子的俸祿。

大力一拍自己的腦門，紀佩芙急忙就要往回跑。

紀佩芙跑了，紀佩瑤也沒落下，一手扯著紀璃洛、一手拉著紀暮白，嘴上還不忘催促紀彥宇和紀彥坤。

「小六和小七趕緊的，你倆跑得快，先回家守著！」

衛繁星沒有攔著幾個孩子往外衝，自己落在最後面。

不過，在離開余家之前，她慢悠悠地扯下了自己腰間的錢袋，有一下沒一下地晃了晃。

「就說這兩個丫頭咋咋呼呼的吧，也不想想我這個會計是幹什麼的。」

紀佩瑤和紀佩芙的反應都太過真實，加上衛繁星此刻手中晃著的錢袋鼓鼓囊囊的，瞧著不帶丁點兒的弄虛作假……

余家外公深吸一口氣，一把拽住想要追出去的余家外婆，狠狠往自家院子裡一推。「我說了，安分點！」

「當家的，你打我？你打我！」

一個踉蹌栽倒在地，余家外婆只覺得腦袋嗡嗡響，雙眼開始冒星，更多的是滿腔的不敢置信和傷心難過。

「爹，你怎麼還跟娘動起手來了？那個女人根本就是在誆人，都是假的、假的！」余家三舅也是一臉的不敢置信，只覺得余家外公是老糊塗了，竟然被一個丫頭片子唬住了。

「你們呢？也覺得那丫頭是在說謊？」

沒有反駁余家三舅的質疑，余家外公轉身看向不知何時變得靜默無聲的余家一眾親戚。

余家幾位叔伯和堂兄弟們面面相覷，不好開口說話，也不想開口說話。

他們確實是這樣想的。可余家外公都跟余家外婆動起手來了，他們哪還能實話實說？

這一大家子齊齊出馬，居然被一個二十出頭的丫頭片子給震懾住了。光是想著，就有夠丟人現眼的了，還需要說什麼？還能說什麼？

第六章

「五姊，妳剛剛裝得太像了！」遠離了余家，性子開朗活潑的紀彥坤恢復了活力，樂呵呵說道。

「什麼太像了？我裝什麼了？」滿心惦記著家裡十兩銀子和那些福利的紀佩芙一邊繼續趕路，一邊回道。

「五姊，咱們都走出老遠了，余家人鐵定不會再追上來，妳就別再裝著著急回家了。我這來來回回跑了好幾趟，腿都快要提不起來了。」紀彥坤說著就捶了捶發痠的雙腿。

「四姑姑，我也要走不動了。」小小的紀璃洛跟著出聲，奶聲奶氣說道：「還有暮白，他也走不動。」

平日裡，四姑姑從來不會走這麼快，紀璃洛已經開始小跑起來，著實有些跟不上了。

紀佩瑤這才回過神，連忙停了下來。

「對不起，對不起，四姑姑著急家裡那些東西，忘了你們還小，走不了那麼快。」

「哎喲，怎麼連四姊妳也裝得跟真的似的？咱們家都快要窮得砸鍋賣鐵了，哪有什麼好東西值得小賊惦記的。」紀彥坤哈哈大笑起來。

「閉嘴！」一手拍上紀彥坤的嘴，紀彥宇嫌棄地翻了個白眼。
「嗚嗚嗚……」
被強行捂嘴，紀彥坤也不掙扎，故意作怪地揮起了雙臂。
看著紀彥坤這般模樣，紀璃洛和紀暮白被逗得呵呵笑出聲來。
從後面追上來的衛繁星也露出了笑容。不是方才在余家那般虛假又做作的笑容，而是真心實意的笑容。
雖然只是短短的接觸，但她很喜歡紀家這幾個孩子。
儘管家裡接連遭遇變故和挫折，卻沒有自怨自艾，也沒有怨天尤人，他們依然樂觀積極，心裡和眼中都充滿了希望和活力。
衛繁星已然可以想像，日後跟他們生活在一起，將是何其溫馨熱鬧。
「什麼裝啊？我們說的都是真的，咱們家裡真的出了一個會計！不信，你們問她！」
紀佩芙暫時還是喊不出「大嫂」這兩個字，一個簡單的「她」字就替代了。
「五妹，妳的禮數呢？要喊大嫂！」紀佩瑤就不高興了，扯了扯紀佩芙的袖子。
紀佩芙撇撇嘴，彆扭地偏過頭去。
衛繁星倒是沒有跟紀佩芙計較，只笑著朝紀佩瑤搖了搖頭，表示她並不在意，隨即又朝著看向她的紀彥坤點了點頭。

紀佩芙雖然偏過頭，眼角餘光卻依舊掃視著這邊，當即抬起了下巴，一臉的與有榮焉。

「看吧，我就說我們說的都是真的了。」

沒承想紀佩芙話音一落，紀彥坤尚且沒有回答，小小的紀璃洛突然出了聲。「五姑姑，撒謊是不對的。我以後都不找娘了，妳別撒謊。」

完了，紀璃洛還不忘捎帶上紀暮白。「暮白也不找了。」

「嗯。」紀暮白一本正經地點點頭，臉上盡是對紀佩芙撒謊這一行徑的不認可。

「欸，不是，你們不相信我也就算了，連你們四姑姑也不相信？」紀佩芙愕然瞪大了眼睛。

「四姑姑是為了保護我和暮白，才跟余家人撒謊的。」紀璃洛清脆的嗓音響起，體貼地幫紀佩瑤找好了理由。「情有可原。」

「對。」紀暮白認真點點頭，顯然是站在紀璃洛這邊的。

紀佩芙看看這個又望望那個，又好氣又好笑，索性擺擺手。「得了，待會兒到家，等著看你們目瞪口呆的模樣。」

再然後，不單單是紀璃洛和紀暮白，連紀彥宇和紀彥坤都對紀佩芙露出了一臉無可奈何的神情。

「噗！」衛繁星沒忍住笑出聲來。

瞧這樣子，紀佩芙在這個家裡實在沒什麼威信可言。

紀佩瑤也跟著笑了。沒有急著幫紀佩芙解釋，只輕輕扯了扯紀璃洛和紀暮白的手。「歇息夠了嗎？咱們慢慢走著回家？」

「好。」紀璃洛和紀暮白同時應聲，格外乖巧。

紀彥宇和紀彥坤也立馬點頭，跟在後面，留下紀佩芙雙手叉腰，一副氣鼓鼓的模樣。

「走了。」衛繁星目不斜視地從紀佩芙身邊走過。

啊啊啊——這些人居然都合夥起來氣她！紀佩芙一陣凌亂，又不得不提腳追上。

「哇哇哇！」

回到紀家，接連三聲「哇」，紀彥坤、紀璃洛和紀暮白紛紛震驚了。

唯一沒有「哇」的紀彥宇，此刻的臉色也是極其震撼。

「我就說吧，等你們回來，肯定要目瞪口……」終於找回場子的紀佩芙不無得意地從最後面走到最前面。

只不過她話語還沒說完，忽然尖叫出聲。「咱們家遭賊了！」

什麼賊？紀佩瑤帶笑的臉色僵住，剛想問話，就見紀佩芙慌亂地四下找了起來。「銀子呢？十兩銀子呢？」

紀佩瑤四下看了看，也沒在桌上看到十兩銀子，登時跟著急了。

「在這兒呢！」見紀佩芙總算記起正事，衛繁星慢悠悠地拿出錢袋。「佩芙，妳可是要當女帳房的，不管任何時候，銀錢都要捏在自己的手裡。」

「我……」紀佩芙想要辯解，說自己太慌了，沒有顧上。

可轉念一想，女帳房若是丟了銀錢，豈不是要釀成大禍？而且也就是順手一抓的事，她完全來得及的……

「是我不對，沒有及時把銀錢收起來。」

余蕓兒走後，家裡一直是自己管著。此時此刻，她當然不會推脫。

「真有十兩銀子啊？」從震撼中回過神，紀彥坤好奇湊了過來，伸手想要去摸衛繁星的錢袋。

性子沈默的紀彥宇也忍不住看了過來，欲言又止。

「四姑姑，有糖果！我和暮白可以吃嗎？」紀璃洛惦記的就又不一樣了。眼尖地望見地上居然還有糖果，她連忙就小跑過去了。

紀佩瑤愣了愣，下意識轉頭去看衛繁星。

「當然可以吃。地上的東西都是咱們家的，你們想吃就吃，想拿就拿。」沒有任何猶豫，衛繁星給出肯定的回答。

紀佩瑤不禁鬆了口氣，眼裡有感激，更有感動。
她本來只是想著，能將地上的口糧分出一部分給他們吃就夠了，其他的，都留給大嫂。只不過因趕去余家，她沒能及時提早將地上這些吃食都收起來，此刻又被兩個小的看了個正著。
一時間，她就捨不得讓兩個小的失望了。
「那我能拿不？」帶著那麼一丟丟的不好意思，紀佩芙幽幽問道。
「能。」衛繁星一視同仁，點頭應允。
紀佩芙登時就衝了過去，唯恐衛繁星後悔，抓起地上的布疋緊緊抱住。「我要這個！」
衛繁星沒有異議。
原主雖然沒有嫁妝，衣服還是有幾件的，足夠她替換。
紀璃洛和紀暮白也蹲在地上拿起了糖果，不過他們都很乖，一人只拿一顆，沒有多拿。
「旁邊是點心，你們也拿了吃。」衛繁星遠處旁觀，給出指示。
紀璃洛和紀暮白同時搖頭。「給四姑姑、五姑姑，還有六叔和七叔吃。」
「這都是小孩子吃的，我們才不吃。」紀彥坤邊說邊將留戀的目光移走。
紀彥宇直接轉過身，根本不去看地上那些吃食。
「璃洛和暮白都乖，姑姑和叔叔們都已經是大人了，我們不吃，你倆吃。」想起這段時間家裡的情況讓兩個小的跟著受了不少苦，紀佩瑤心疼不已。

紀璃洛和紀暮白就站起身，往後面站了站，很是執拗地不再碰地上的吃食。

他們都懂的，家裡的銀錢都被他們娘偷走了，兩個姑姑和兩個叔叔這兩日已經開始餓肚子了，他們也是想要把銀錢要回來，今天才會去余家……

「我說你們是不是忘了，我明日就要去糧站報到了。」

被紀家這幾個孩子的舉動惹得眼熱，衛繁星差點掉淚，連忙出聲彰顯存在。

紀佩瑤幾人都扭過頭，看向了衛繁星。

「糧站的福利，還需要我贅述？」隨手指了指地上的這些東西，衛繁星意有所指道。

「以後還有？」紀佩芙不敢置信地問道。

「不是，咱們家以前都沒有正式工？福利當然是每個月都有啊！你們都不知道？」

連她衛繁星這個外來的都清楚，紀家這麼多人竟然一個也不知道？

「爹爹在學堂就沒有。」紀佩芙搖了搖頭。

「過年有。」紀佩瑤跟著解釋道。

「有肉和油。」紀彥坤也出了聲。

「沒有這麼多。」紀璃洛補充道。

「嗯、嗯！」紀暮白就點頭再點頭。

至於紀彥宇，默認就是最好的回答。

「好吧，看來學堂的福利也不怎麼樣，還比不上我之前在酒坊當女帳房的時候。」照理來說，學堂應該比酒坊的福利好吧！至少，衛繁星是這樣認為的。

「學堂沒有很多學子讀書識字的。」紀佩瑤忍不住說起其中原由。

「讀書識字太費銀錢了。」紀佩芙跟著輕嘆一聲。

衛繁星瞬間了然。

乾元朝再不同，可到底是古代，提到科考，依然是很多家庭想都不敢想的。

就比如原主娘家，就沒有一個讀書人的料，頂多就送去學堂讀兩年書，勉強識幾個字。

更多的人家，是連大字都不認識一個的。

反觀紀家兒女個個都讀書識字，倒是少數了。

第七章

「福利的事晚點再說。你們幾個，先把地上的糖果和點心都分一分。都是吃的，放不久。」

衛繁星說完，見紀佩瑤他們還是不動，索性自己走過去，抓起糖果和點心就往幾個孩子手裡塞。

「讓你們自己分，你們不分，換了我來，可沒那麼磨磨唧唧了。反正人手一把，誰多誰少，就看你們自己的運氣了。」衛繁星的動作很是乾脆俐落，連紀佩瑤和紀佩芙都沒有落下。

「大嫂，我不要……」不好意思地望著自己手裡的糖果和點心，紀佩瑤連忙說道。

「嫌少？」衛繁星揚起眉頭，故意歪曲紀佩瑤的意思。「嫌少也沒多的了。」

「我不是……」紀佩瑤搖搖頭，還待繼續解釋，就被紀佩芙拉住了。

「給妳的，妳就拿著。實在不想吃，回房後都留給我吃。」

紀佩芙和紀佩瑤從小就住同一間屋子，彼此頗為親密。

紀佩瑤張張嘴，想再多說什麼，就打住了。

「對啊！佩瑤妳實在不想吃，分給幾個小的就行。不過佩芙就不用了，給小六小七還有這兩個。」伸手隨意點了點紀彥宇、紀彥坤，以及紀璃洛和紀暮白，衛繁星直接就把紀佩芙排除在外了。

「我怎麼就不用了？我也要吃的。」紀佩芙鼓了鼓腮幫子，不高興地嘀咕道。

「妳拿了布，四個小的沒有。」衛繁星的視線落在紀佩芙的手上。

「不是，我拿了布又不是給我自己的，我是要給三姊寄過去的。」紀佩芙當即就揚高嗓門，為自己正名。

「那這些糖果和點心都不分了，也給三姊寄過去。」提到下鄉的紀佩琪，紀佩瑤的語氣變得甚是果斷。

「不用，你們三姊的事也晚點再說。」擺擺手，衛繁星不容拒絕地發號施令。「先把家裡這些東西都收拾好，咱們一起坐下來開個小會。」

紀佩芙本來是不高興想要說話的，聽衛繁星說要開個小會，她這才勉強癟著嘴噤聲。

紀佩瑤想得就簡單多了。本來就是大嫂的東西，大嫂想怎麼分都行。

這麼半日裡看大嫂的為人處事，紀佩瑤決定稍後私下去求大嫂，肯定還是有回轉餘地的。

於是沒有任何二話，紀佩瑤手腳麻利地開始整理起眼前的這些東西。

紀佩芙他們幾個也在幫忙，就連紀璃洛和紀暮白，小小年紀也認認真真幫著拿東西。唯獨衛繁星，一臉悠閒地坐在一旁，靜靜看著紀家幾個孩子忙碌，完全沒有動手的打算。

衛繁星不幹活，紀佩瑤是沒有任何想法的。

紀佩芙心下稍稍有些不滿，到底還是忍住沒說。

至於紀彥宇他們四個小的，始終都低著頭兀自幫忙，完全沒有看衛繁星。

眼瞅著紀家幾個孩子很快就把所有的東西整理完畢，整整齊齊堆放在桌上，衛繁星滿意地點點頭。「行，開小會。」

「什麼是小會啊？」紀家沒有開過小會，率先不解問出口的，是眨著眼睛好奇不已的紀璃洛。

「就是把家裡大大小小的事情拎出來，咱們一起商量商量。」

沒有因為紀璃洛年紀小就故意敷衍，或者根本不理睬，衛繁星給出詳細解釋。

「我和暮白也一起商量？」紀璃洛繼續問道。

「對，你們也一起商量。要是中間有什麼想法，或者不情願的事情，都可以直接攤開了提出來，我會酌情考慮，看要不要尊重你們自己的意願。」因為對紀家這幾個孩子的印象都很好，衛繁星多出了幾分耐心。

而她打算給予紀家的，也比一開始打算的「相安無事」要更多。

「好。」雖然衛繁星說的是酌情考慮，但也說不情願可以提出來，紀璃洛就已經很滿意了。

「如果沒有其他異議，我就先開始了。」

視線掃過一圈，看紀家其他幾人都沒再出聲，衛繁星開始加快節奏。

「首先，家裡以後每個月會有一兩銀子做開支，交給佩芙掌管。支出所有帳目，佩芙登記清楚，月底我會查看。」話音落地，她直接拿出一兩銀子，遞給神色愕然的紀佩芙。

「給我掌管？」紀佩芙是真的不敢置信。

家裡的銀錢一開始是他們娘收著的，之後變成了二嫂拿著，隨即又是四姊紀佩瑤……

紀佩芙怎麼想，也沒想到衛繁星會點她的名字。

「妳不是要當女帳房？自己家裡的帳目都算不清楚，以後怎麼當女帳房？」衛繁星不答反問。

「我沒說我算不清楚，我只是……」紀佩芙下意識辯解，可又說不出心裡的不好意思。

「算得清楚就行了。」也不逼問紀佩芙的情緒，衛繁星結束這個話題。

「其次就是家裡的柴米油鹽，廚房所有的鍋碗瓢盆，老樣子，繼續由佩瑤看著。」衛繁星不客氣地放權，完全沒把自己當外人。「桌上這些東西，都歸佩瑤收著。家裡的吃食，也是佩瑤管著。」

「大嫂，這些東西都放妳屋裡收著。」

銀錢沒有給她管著，紀佩瑤沒有任何不滿。不過說到桌上這些東西，她連忙說出自己的想法。

「不用。我從明日開始就要去糧站上班，白天都不在家裡，放我屋子裡，妳要拿個什麼東西，很不方便。就妳收著，放妳的屋子裡也行，放廚房裡也行，妳怎樣方便就怎樣來，不用跟我報備。」對紀佩瑤，衛繁星還是很放心的。

「我也記帳。」聽出衛繁星的信任，紀佩瑤既暖心又感動。

「不必。妳管的是吃食，左右都是進了咱們自家人的肚子裡，沒必要記帳。」衛繁星說到這裡，頓了頓，嘴角翹了翹。「再說了，妳又不當女帳房，沒人會查妳的帳。」

衛繁星這話明顯是在打趣和揶揄，感覺被暗指的紀佩芙不樂意地哼了哼，卻也沒有反駁。

紀佩瑤看看衛繁星，再看看紀佩芙，忽然就笑了。

「好。那大嫂一定要仔仔細細查五妹的帳，可不能放任五妹太過馬虎。」

「嗯哼。」衛繁星輕輕頷首。緊接著，繼續往下安排。「小六和小七之前都在讀書識字，之後也繼續讀。想要科考也行，家裡會一直供著。」

「我不讀書了，讓彥宇去。」

大嫂的「小會」明顯是輕鬆愉悅的，才開了這麼一會兒，紀彥坤就放下心來。只不過他才剛往嘴裡塞了顆糖，又急得直搖頭。

並不意外會有孩子拒絕，衛繁星實話實說，彰顯她的實力。「家裡供得起兩個……」

「不是、不是，大嫂，我真的不愛讀書，真的。彥宇就不一樣了，他讀書好，腦子又聰明，特別厲害。之前爹爹和二哥都經常誇彥宇的。」紀彥坤自己誇完紀彥宇，還舉例帶上了證人。

只不過他提到紀明和、紀昊辰的時候，情緒明顯低落了不少。

「行，小六去讀書。」衛繁星一錘定音，但也沒有就此打住。「那小七，你呢？你自己總要找點事做吧！」

「我可不可以去武館？」低落被驅散，紀彥坤亮晶晶的雙眼中帶著些許小心翼翼。唯恐衛繁星不答應，他又接著說道：「去武館不用花很多銀錢，比讀書識字花的銀錢少。」

「武館？」原主記憶中對這方面了解很少，所以衛繁星也不是很懂。「咱們家附近有武館嗎？」

「有的、有的，就在學堂旁邊，以前大哥就在武館學過功夫！」紀彥坤最是崇拜大哥紀昊渲，神情別提多得意了。

「那成。正好讓你們五姊帶你倆一塊兒去報名，以後你們上下學互相還能有個伴。」既然是有先例的，衛繁星當然不會拘著不讓紀彥坤學。「報名的銀錢先從那一兩銀子裡出，若是不夠，回來再找我補上。」

「夠的、夠的，謝謝大嫂！我以後肯定乖乖聽大嫂的話，家裡的活也會搶著幹的。」終於得償所願，紀彥坤小嘴特別甜，喊起了「大嫂」。

天知道讓他讀書識字是多麼痛苦和煎熬，可爹娘和二哥都非要盯著他讀書識字，還不准許他偷懶，著實讓紀彥坤苦不堪言。

沒有戳穿紀彥坤的小心思，衛繁星扭頭看向一直沒有說話的紀彥宇。

「小六沒有異議吧？」

紀彥宇定定看了衛繁星片刻，輕輕搖了搖頭。

注意到紀彥宇的打量，衛繁星絲毫不以為意，又指了指紀璃洛和紀暮白。「這兩個小的就只能先待在家裡了。」

「我會乖的，暮白也乖。」紀璃洛一手吃點心，一手舉高，承諾道。

紀暮白頭也不抬，繼續吃糖。

衛繁星笑了笑，再度轉到新的重點。「接著就是你們三姊的事情了。站在我的角度，我不建議你們寄布、糖果或點心給你們三姊。」

紀佩芙立馬變臉，剛要開口，就被衛繁星打斷。「在我看來，寄口糧給你們三姊更為妥當。」

「為什麼？鄉下又不缺糧食吃。」到了嘴邊的不滿又嚥了回去，紀佩芙提出疑問。「我們之前都是寄鄉下買不到的東西給三姊的。」

第八章

「誰告訴妳，鄉下不缺糧食吃的？」不客氣地懟了紀佩芙一句，衛繁星的語氣算不得溫和。「咱們城裡人每個月都有糧站固定發放口糧，鄉下有誰發給他們？都是憑著自己的雙手，辛苦幹活才能賺到口糧。你們三姊一個柔弱的小姑娘，又不是從小就生養在鄉下，力氣肯定比不上人家鄉下人。妳覺得，是人家鄉下人的口糧多，還是你們三姊的口糧多？」

紀佩芙被懟得臉色發紅，好半天後才氣呼呼說道：「妳又沒下過鄉，說的也不一定就是真的。反正，我們三姊從來沒有寫信回來說過她的口糧不夠吃。」

「她要是寫了，又能怎樣？紀家是什麼情況，不需要我多說吧！就只有你們爹爹一個正式工，家裡的孩子還格外多。說得好聽些，是子嗣豐盛；說得不好聽，就是累贅多多。你們有一個算一個，誰不要吃飯？誰能餓著肚子？你們三姊那麼善解人意的一個姑娘，捨得餓著你們這些小的？」

衛繁星確實很喜歡紀家這幾個孩子，但卻不會無條件縱容他們。

反之，該糾正的肯定要糾正，該戳破的幻想，也都得老老實實地面對殘忍和冷酷。

「可、可是……」衛繁星說得振振有詞，又十分在理，紀佩芙不禁遲疑了。

「大嫂，三姊在鄉下真的過得這麼辛苦嗎？那可如何是好？之前家裡一直都不知道，也沒有給三姊寄多的口糧過去，只怕三姊在鄉下一直都是吃不飽的。」光是想到那個畫面，紀佩瑤就紅了眼圈。

「以前的事情，多說無益。從現在開始，咱們盡可能彌補就行了。」衛繁星並非在跟誰算舊帳，只是陳述事實罷了。「反正，以後有我這個在糧站當會計的大嫂在，你們三姊缺什麼都不會缺了口糧的。」

「嗯嗯，那我立馬書信一封給三姊，再給她多寄些口糧。」紀佩瑤抹了抹眼淚，無形間對衛繁星越發信服。

「可以。」衛繁星點點頭，叮囑道：「信上記得告訴你們三姊，我明天就會去糧站報到，以後每個月都會給她寄口糧。還有，讓她轉告當地的村長，有機會我會去探望她的。」

「大嫂要去探望三姊？」紀佩瑤激動起來。

「有機會。」衛繁星著重強調道。

「那豈不是遙遙無期？」紀佩芙才剛生出的興奮再度散去，一盆冷水狠狠潑下。

「大嫂的重點不是真的去探望三姊，而是告訴當地的村長，三姊有一個在鳳陽城糧站當會計的大嫂。」毫無預兆的，始終沈默的紀彥宇忽然開了口。

「聰明！」讚許地朝著紀彥宇豎了豎大拇指，衛繁星指了指紀佩芙。「以後多向咱們小六學習學習。」

「什麼意思？我沒聽懂。為什麼要告訴當地的村長？離得那麼遠，鳳陽城的糧站也管不到鄉下去啊！」紀佩芙是真的不懂，滿心疑惑。

「五姑姑笨笨，各地的糧站都是相通的。」

讓衛繁星意外的是，這次出聲的竟然是才剛三歲的紀暮白。

「又是一個聰明的！」絲毫不吝惜自己的誇讚，衛繁星笑著鼓掌。

不過看向依舊一臉茫然的紀佩芙，衛繁星就只有搖頭和嘆息了。

「哎，你們……」

紀佩芙感覺自己好像一個局外人，忽然就被排擠了。

「大嫂的意思是，天下糧站一家親，讓當地的村長稍稍照拂三姊？」紀佩瑤試探地說出她的理解。

「照拂不一定會有，不刻意欺壓就夠了。如果我記得沒錯，你們三姊已經下鄉七年，再有三年就能回來了。既然咱們家如今有這個底氣，當然要告訴所有人，省得在咱們不知道的地方，你們三姊白白被欺負了，還無處告狀，那就不值當了。」衛繁星從不小看人心，再小的地方、再小的官，也都不能小覷。

「說來說去就是警告那些人不準欺負咱們三姊唄！弄那麼複雜幹什麼？」總算明白是怎

麼一回事的紀佩芙無語地撇撇嘴。

衛繁星已經拒絕跟腦子過於耿直的紀佩芙對話了。「小六，你來解釋。」

「五姊不也說了，鳳陽城的糧站根本就管不到三姊所在的鄉下，既然管不到，咱們如何警告？那些人又怎麼可能被震懾住？大嫂不過是傳個口信給當地的那些人，讓他們知道，三姊家裡有人，而且是在糧站工作的厲害人。這樣他們若是誰再想要欺負三姊，心下就得掂量掂量了。」紀彥宇的理解能力，顯然是比紀佩芙強的。

「所以才說天下糧站一家親？鳳陽城的糧站管不到他們，可大嫂能認識他們那附近糧站的人？」

繞了一個大圈，紀佩芙總算弄懂了。

不過下一刻，她還是抓了抓頭髮。「那你們幹麼說得那麼複雜，直接一句話跟我說清楚不就行了？」

「大嫂是在告訴四姊如何跟三姊寫信，當然不能說得太過直白。」紀彥宇沒有說的是，紀佩芙聽不聽得懂，其實根本就不重要。

「好吧、好吧，反正只要三姊不受欺負就行了。」紀佩芙到底還是被說服了。

「璃洛，聽懂了沒？」一旁的紀彥坤，不知何時蹲在了紀璃洛的身邊，戳了戳紀璃洛的胳膊。

至於紀暮白，紀彥坤根本不需要多問，畢竟剛剛紀暮白已經被誇讚過聰明了。

「七叔，你沒聽懂啊？」紀璃洛吃完嘴裡的糖，奶聲奶氣問道。

「好像懂了，又好像沒懂。」紀彥坤點點頭，又搖搖頭。

「我也沒懂啊！」紀璃洛安慰地拍了拍紀彥坤的肩膀。「不怕的，有我陪七叔。」

紀彥坤僵住，瞬間就覺得，他好像完全不需要安慰了。

衛繁星恰好聽到這對叔姪對話，差點笑出聲來。

看來紀家的基因也不是每個都優秀，有聰明的，也有不是那麼聰明的，還有夾在中間求生存的……

不管怎麼說，紀佩琪的事情就這樣說完了。

再然後，衛繁星拿出五兩銀子，遞給紀佩瑤。「佩瑤，妳大哥回來的時候，有沒有交代妳，他借了多少銀錢？」

「沒有啊！大嫂，出了什麼事嗎？」提到紀昊渲，紀佩瑤立刻緊張了起來。

紀佩芙他們也都立馬停下手中的動作，齊齊望了過來。

「沒，我就是不確定妳大哥有沒有找別人借銀錢。如果有，他每個月的軍餉就只有那麼多，想要及時還上，只怕自己要省吃儉用。可當兵打仗，哪能餓肚子？人沒了力氣，連手中的刀都舉不起來，還怎麼上陣殺敵？這樣，妳待會兒出門去把這五兩銀子存到錢莊，再把單據寄給你們大哥，讓他直接在邊關那邊的錢莊就近取出來用。還有家裡的情況，也都跟他說清楚，讓他安心駐守邊關，別擔心咱們這一大家子的吃喝了。」衛繁星也是為了以防萬一罷了。

好在乾元朝的錢莊歸朝廷所有，全國統一，各地都能自由存入和取出，很是方便，也極其省事。

「好，我都聽大嫂的。」這一次，衛繁星解釋得足夠仔細，紀佩瑤丁點兒不敢怠慢。

「我馬上寫信。」

「我也寫。我給三姊寫，四姊妳給大哥寫。」家裡出了這麼大的喜事，紀佩芙也想儘早告訴大哥和三姊。

「成。妳們兩姊妹寫信，四個小的繼續跟我商量咱們家以後吃飯的問題。」衛繁星當即就應允了。

「大伯母，怎麼商量啊？」紀璃洛眨眨眼，跑到了衛繁星的面前。

聽到這聲「大伯母」，衛繁星忍不住就好笑。

她算是看出來了，不管紀家這幾個孩子聰不聰明，看人臉色、見風使舵的本事都還行。尤其是變臉和改口的速度，那叫一個快。

「今天糧站的站長親自來咱們家說了，糧站是管午飯和晚飯的。那麼早飯，我們肯定是在家裡吃的。午飯和晚飯呢，糧站准許帶家眷，但只有兩位；當然，可以打包外帶。也就是說，以後每天的午飯和晚飯，你們要派兩個人去糧站食堂跟我一起打飯。這樣說，小璃洛懂不懂？」衛繁星當然不會跟三歲的紀璃洛計較，娓娓道來。

「懂！我要去打飯！」紀璃洛躍躍欲試，應得很是積極。

「璃洛不能去。妳太小了，拿不動其他人的飯菜。」紀彥宇提出反對。

「我可以找七叔一起去。大伯母，可以嗎？」紀璃洛可沒漏聽，剛剛衛繁星說的是兩個人。

「可以。小璃洛還可以自己在食堂吃完了再回家，到時候，只需要幫忙給小暮白帶一份飯菜就夠了。」看紀璃洛的小腦子轉得如此快，衛繁星配合道。

「不行的，我吃飯太慢了，暮白會餓的。」雖然也很想試試在糧站食堂吃飯是什麼感覺，紀璃洛還是很關心紀暮白會不會餓肚子。

「真乖。」紀璃洛如此有姊弟愛，衛繁星當然不會阻止。「那就等以後有機會了，大伯母帶妳和暮白一起去食堂坐著吃。」

「大嫂，我也想去食堂吃。」那可是糧站耶！紀彥坤饞得眼熱。

「都行。實際情況之後再分析，不出意外，我在糧站會待很長時間，總能找到機會帶你們都去食堂坐坐。」衛繁星說著就望向了紀彥宇。「小六，到時候一起去啊！」

第九章

「大嫂，不用叫彥宇，他平日最不愛出門，只喜歡窩在家裡讀書……」紀彥坤的話音還沒落地，就聽到了一聲乾脆俐落的「好」。

紀彥坤不敢置信，扭頭看向紀彥宇，確定方才是紀彥宇出的聲，不由得呆住了。

紀彥宇沒有理睬紀彥坤，只低下頭，一副事不關己的模樣。

「啊啊啊，不帶你這樣拆我臺的！我才說了你不喜歡出門，你就非要出門。你是不是成心跟我對著幹？太欺負人了！」紀彥坤不依了，扯開嗓子朝著紀彥宇撲了過去。

紀彥宇直接躲開，不讓紀彥坤碰著。

紀彥坤就再撲，紀彥宇就再躲，畫面著實有趣，也特別好玩。

「我也要玩！」紀璃洛看得歡樂，帶著銀鈴般的笑聲，小跑過去了。

紀暮白卻是往後面站了站，明顯是不打算加入。

衛繁星再度看樂，眉眼帶笑地撐起下巴，權當看猴戲了。

果然如她所想，紀家很熱鬧，也很溫馨和樂，身在其中很是舒服，身心愉悅。

這樣的熱鬧，直到紀佩瑤和紀佩芙寫完書信出來，才得以消停。

再然後，紀佩芙帶著紀彥宇和紀彥坤去報名，紀佩瑤則帶著紀璃洛和紀暮白去存銀子。

「大嫂在家裡歇著，我很快就回來做晚飯。」眼看著時間差不多了，紀佩瑤出門前，特意交代道。

「放心，我是堅決不會進廚房的。」衛繁星是名副其實的手殘黨，最不擅長的就是做飯，除非誰想要親身體驗一下何為黑暗料理。

只聽衛繁星這般說話，真的很像是偷懶不幹活。然而紀佩瑤絲毫沒有生氣，反而覺得很理所當然。

「對，大嫂好好歇著就行了。家裡的活都留給我們回來做，大嫂千萬不要動手。」

碰上這麼勤勞能幹的小姑娘，衛繁星大感欣慰，直接就比了個「ＯＫ」的手勢，繼續躺平喝水。

紀佩瑤雖然看不懂衛繁星的手勢，但衛繁星的舉動一目了然，顯然是應下了。

放心點點頭，紀佩瑤這才好心情地出門。

衛繁星說躺平，就是真的躺平。

紀佩瑤他們出門的時候，她是什麼樣子，等他們回來的時候，衛繁星依然保持著不變的姿勢，一動也不動。

「大嫂餓了吧？我馬上去做飯。」銀子存好、單據寄出，紀佩瑤整個人都輕鬆了，說話的語氣都帶著雀躍。

衛繁星擺擺手，示意她自行去忙。

紀佩瑤立馬去洗手，進了廚房，跟在她身邊的紀璃洛和紀暮白就沒事可做了。

紀暮白找了個位置坐好，安安靜靜等開飯。

一貫鬧騰的紀璃洛卻是閒不下來，左右張望著看來看去，忽然雙眼一亮——找到事情做了！

再然後，衛繁星就看到三歲的紀璃洛小跑步來到她面前，雙手捧走她隨意放在桌上的空杯子，認認真真幫她重新倒滿，又小心翼翼端給了她。

「大伯母喝水。」

懂事！乖巧！衛繁星心下讚許，面上也沒藏著。「等明天大伯母把銀錢兌換開，就給妳發零花錢。」

「暮白也有嗎？」紀璃洛立馬追問道。

「有。」摸了摸紀璃洛的腦袋，衛繁星一口應下。

「謝謝大伯母！以後我每天都給大伯母端茶倒水，還給大伯母端洗腳水！」紀璃洛語出驚人。

「什麼洗腳水？」紀佩芙才剛走進自家大門，就聽到紀璃洛最後一句話。

只當紀璃洛是被衛繁星使喚了，紀佩芙當即不樂意了。

紀彥坤也是沈下臉，怒氣沖沖地大步跨了進來。虧他還當大嫂是個好的，沒想到大嫂居然在背後欺負小璃洛！

紀彥宇也跟了進來，面上倒是沒有質問和怒氣，神情冷靜地等著解釋。

迎上紀佩芙和紀彥坤的怒目而視，衛繁星攤攤手，沒有回答的意思。

敏銳地意識到氣氛好像不對勁，紀璃洛回過頭，主動開口。「大伯母說要給我和暮白發零花錢呀！」

「給你倆發零花錢，讓你倆給她端洗腳水？」紀佩芙的臉色依然很不好看。

「那也不行，你們才多大？端什麼洗腳水？」紀彥坤氣呼呼地嚷嚷道：「要端也是我端，你倆不許端！」

「你也不許端。」紀佩芙皺著眉頭扯了一下紀彥坤的胳膊，轉頭瞪著神色悠哉的衛繁星。「妳自己沒長手嗎？連洗腳水都要別人給妳——」

「五姊。」紀彥宇出聲，打斷了紀佩芙的怒火。「應該是璃洛自己想要端。」

「對呀、對呀，我自己想要給大伯母端的，不是大伯母讓我端的。」總算找到機會開口的紀璃洛連忙把話說清楚。

「妳自己要端的？」咆哮的怒火戛然而止，紀佩芙滿臉尷尬地低下頭，看向紀璃洛。

「是呀！我給大伯母倒水喝，大伯母說要給我發零花錢，還給暮白發。我就想給大伯母端洗腳水。」紀璃洛年紀雖然小，敘事能力不錯，前因後果都沒落下。「不能白拿大伯母的銀錢。」

「暮白？」唯恐紀璃洛是被衛繁星私下威脅了才這樣說，紀佩芙扭頭去找紀暮白確認。

「嗯。」紀暮白點了點頭。

這下輪到紀佩芙尷尬了。「那、那什麼，是我誤會了，我跟妳道歉。妳要是不肯原諒我，我給妳端洗腳水也行。」

衛繁星倒是沒有生氣。

畢竟她和紀家人真正相處才不過幾個小時，紀佩芙會不信任她，完全沒什麼好在意的。真要相處了很長時間之後，紀佩芙再是這般表現，衛繁星才會覺得心寒。

「我、我、我……我也給大嫂端洗腳水！」意識到是他們姊弟有錯在先，紀彥坤連忙說道。

至於紀彥坤就更不必說了。剛剛盛怒之下，嚷嚷的也是兩個小的不能端，他來端。

對此，衛繁星越發沒有生氣的必要。

「不……」衛繁星剛打算搖頭說「不必」，聽到外面動靜的紀佩瑤已經從廚房走了出來。

「讓他們端！長嫂如母，他們給大嫂端洗腳水，再理所當然不過！」紀佩瑤說這話的時候，盯的是紀佩芙和紀彥坤。

尤其是紀佩芙。

紀彥坤才十歲，又是男孩子，想不了那麼多。可紀佩芙呢？都十五歲了還分不清楚輕重，絲毫不懂得感恩，竟然還怪上衛繁星這個大嫂了。

今日要不是有衛繁星在，他們怎麼可能那麼容易就從余家脫身？要不是有衛繁星在，而今只怕連明日的口糧在哪裡都要急得發愁，哪有銀錢給小六和小七報名，甚至給大哥還有三姊寄銀錢和口糧？

被紀佩瑤盯得心虛不已，紀佩芙乖乖低下頭，滿臉通紅。「我知道錯了，我保證以後再也不會了。」

「我也錯了，不敢了，再也不敢了。」紀彥坤連連搖頭，一邊認錯一邊扭頭去找紀彥宇幫他說好話。

往日只要紀彥坤犯錯，紀彥宇都會跟在旁邊幫忙收拾爛攤子，著實幫紀彥坤免了不少責罵。

但是此時此刻，紀彥宇沒有開口，聽之任之。

一見紀彥宇不說話，紀彥坤的腦袋迅速耷拉了下來，整個人都變得喪氣了。

「沒有這麼嚴重。」將紀家幾個孩子的反應都看在眼裡，衛繁星是滿意的。同時，還有些意外和驚喜。

紀佩瑤的性子會向著她，不足為奇，但是紀彥宇居然也站在她這邊，就難能可貴了。

還有紀璃洛和紀暮白這兩個最小的，遇到事情不會只是哭喊慌亂，知道及時糾正提醒，澄清事情真相，實屬難得。

哪怕是紀佩芙和紀彥坤，犯了錯立馬道歉，主動提出挽回和補償的措施。不管實不實際，他們姊弟的態度都擺了出來。

總而言之，衛繁星對紀家這幾個孩子很是看好，都快戴上濾鏡了。

「就是這麼嚴重。」讓衛繁星沒有預料到的是，紀佩瑤對此事特別的堅持。「大嫂，妳人好，願意輕易原諒他們，是大嫂為人大度，但他們兩人不能一丁點的擔當都沒有。不敬長輩是大罪，理當受罰，不能仗著他們小就隨意揭過。更何況，他們再小，能有璃洛和暮白小？」

紀佩瑤此番明顯是在教導弟妹，條理清晰，措辭精準，即便衛繁星身為當事人，也不好再多勸了。

所以，她索性閉嘴不言，靜待事情結束。

「我和暮白會幫五姑姑和七叔的。」見紀佩芙和紀彥坤挨罵，紀璃洛小小聲說道。

紀暮白沒有說話，但也沒有反駁，無疑就是默認了。

「不用、不用。」紀彥坤深吸一口氣，嗓門響亮。「做錯了事，就要自己承擔。我一個人來！」

「我也來。」紀佩芙的嗓音不如紀彥坤大，卻也不小，態度堅定。

「我接受你們的道歉。」氣氛明顯有些沈重，衛繁星無意多提洗腳水的事，直接扯開話題。「佩瑤，晚飯打算做什麼？多做點肉啊！家裡有沒有雞蛋？打兩個。」

「大嫂，肉要省著點吃。家裡的雞蛋就剩下最後兩個，不能打。」被衛繁星的要求嚇住，紀佩瑤再也顧不上其他。

「幹麼要省著點吃？有的吃就吃。咱們家人多，小的幾個還要長身體，餓不得的。」

在吃的方面，衛繁星向來大方。來到這裡，也不例外。

第十章

「我放夠了米飯的。」紀佩瑤當然也捨不得餓著幾個小的，今晚實打實做足的米飯，絕對夠大家填飽肚子。

「光吃米飯也不行啊！把今天糧站送來的肉也做了。雞蛋明兒去多買一些放家裡，早上煮著吃、蒸著吃，都行。」

衛繁星雖然不管家，但也不打算苛刻自己的肚子。

「會做肉的，但肯定不能今晚一頓飯就全部做完。大嫂放心，我以後多做幾次，絕對足夠大嫂吃。雞蛋的話，今晚給大嫂蒸一個，明早給大嫂煮一個，成不？」看衛繁星是真的想吃，紀佩瑤到底還是退讓了。

「怎麼還變成我一個人吃獨食了？」被紀佩瑤的說法逗笑，衛繁星轉頭看向紀佩芙。

「一個月一兩銀子的開支是太少了嗎？不夠咱們家買些雞蛋和肉回來？」

「夠。」

當然夠，哪怕紀佩芙以前不當家，也知道他們家一個月的開支頂多就是幾百文銀錢，這還是家裡時常都能吃上肉和雞蛋的標準。

「那妳負責給家裡買些雞蛋回來。」衛繁星說道。

「好。」紀佩芙的性子跟紀佩瑤截然相反，有的吃絕對不會委屈自己，應答也格外爽快。

紀佩瑤想要勸阻，可她發自內心敬重衛繁星這位已經當上會計的大嫂，加之對家裡幾個孩子的心疼，最終還是抿抿嘴，轉身去廚房繼續做飯了。

紀佩芙就趁著這會兒天還沒黑，飛快跑出去買雞蛋了，唯恐遲了一會兒，又被紀佩瑤攔住了。

紀彥坤閒不住，帶著紀璃洛和紀暮白出了門。

紀彥宇則是自行回屋看書去了。

留下衛繁星獨自一個人坐在堂屋裡，甚是愜意，繼續躺平。

等紀佩芙把雞蛋買回來的時候，紀佩瑤做好的飯菜正好上桌。

小心翼翼將雞蛋放去廚房，紀佩芙和紀彥坤帶著紀璃洛和紀暮白迅速洗完手，上桌吃飯。

「佩瑤的廚藝不錯，好吃。」中午的時候，衛繁星就想要誇讚紀佩瑤了，不過沒有找到機會。

「大嫂喜歡吃，就多吃些。」紀佩瑤淺淺笑了笑，遲疑了一下，接著說道：「既然我做的飯菜合乎大嫂口味，咱們是不是不用去糧站食堂吃飯了？自己在家裡做肯定省一些，糧站食堂都是要花銀錢買的。」

「啊？不去糧站食堂了？可是我已經跟小璃洛說好了，明天要帶她去糧站食堂看看的。」紀彥坤顧不上嘴裡的飯菜，急忙說道。

「我也跟暮白商量好了的。」紀佩芙的語氣跟著著急了。

紀璃洛和紀暮白同時抬起頭，失望地看向紀佩瑤。

紀彥宇也放下手中的筷子。不過他看的，是衛繁星。

給了紀彥宇一個「安心」的眼神，衛繁星不急不慌開了口。「等你們明天去過糧站食堂，咱們再說要不要回來家裡吃飯的事。」

「對啊、對啊，怎麼也要嘗試一下。以前爹爹在學堂當夫子，可沒這麼好的待遇。」紀彥坤連連點頭。

「四姊，咱們就去吃一回，行不行？」紀佩芙知道紀佩瑤的擔憂，可她還是禁不住心下的好奇和盼望。

「四姑姑……」紀璃洛小小聲地央求道。

紀佩瑤又哪是故意不想大家高興？被這麼一鬧，她到底還是敗下陣來。「那就先去看看吧！」

「好耶！」紀彥坤帶著兩個小的歡呼出聲。

飯桌上的氣氛再度輕鬆下來。

是夜，紀佩芙躺在床上，遲遲睡不著，忽然說道：「四姊，我覺得她人還挺好的，比以前的二嫂好。」

余蕓兒還沒攜款逃走之前，其實人也挺好的，跟這個家裡所有人都相處融洽。然而即便是以前的余蕓兒，如今在紀佩芙的心裡，也比不上衛繁星這個新大嫂了。

「知道大嫂好，就乖些，不要總是跟大嫂鬧彆扭。」紀佩瑤也有些睡不著，不是前幾日的發愁，而是忽然放鬆下來的不真實感。

「我也沒總是跟她鬧彆扭啊……」紀佩芙嘟囔著轉過身，拉起被子蓋住腦袋。「睡了、睡了。」

知道紀佩芙這就是服軟的意思，紀佩瑤失笑，不再多說，跟著閉上了眼睛。

這一夜，紀家所有人都睡得很踏實，是繼家裡接連遭遇變故之後，第一個安安穩穩的好覺，帶著對新生活的期許和嚮往，作著甜甜的美夢。

次日清早，衛繁星極為難得，不用鬧鐘就自行醒了。

昨晚睡了個好覺，衛繁星的精神不錯，打算直接起床去糧站報到。

邁出房門的時候，聽到廚房有動靜，衛繁星本來以為是紀佩瑤早起在做飯。走近一看，竟然是紀彥宇。

「大嫂。」

看到衛繁星，紀彥宇規規矩矩喊人。

「小六怎麼起得這麼早？學堂需要這麼早去？」看紀彥宇已經舀了熱水遞過來，衛繁星沒有拒絕，隨口問道。

「不是。清早精神好，可以多背幾篇文章。」紀彥宇一邊回答，一邊手腳麻利地幫衛繁星盛稀飯，又拿出煮好的雞蛋。

「小六喜歡讀書是好事，但也不要太辛苦了。你年紀還小，多睡會兒才長得高，對身體也好。」

衛繁星不會攔著紀彥宇讀書，卻也不希望紀彥宇的壓力過大。

「我知道的。」紀彥宇點點頭，應道。

衛繁星本人並不喜歡說教，想著紀彥宇的性子肯定心裡有數，當即也不再多言。很快吃好早飯，準備出門。

紀彥宇默默跟上。

「哎？小六不是說，學堂不用這麼早去？」衛繁星詫異道。

「我送大嫂去糧站。」紀彥宇回道。

「不用、不用，我知道糧站在哪兒。」沒想到會是這樣的答案，衛繁星頓時就笑了。

紀彥宇不再說話，卻也絲毫沒有回頭的意思。

這是打定主意要送她上班了？衛繁星又好笑，又無奈。「成吧！那你吃早飯了沒？可別餓著肚子。」

「吃過了。」紀彥宇輕輕頷首。

「那成。走吧！」

衛繁星轉身走在前面，紀彥宇慢條斯理地跟在她身後幾步遠的距離。

糧站距離紀家算不得特別遠，走路需要二十分鐘。衛繁星一路前行，來來往往都是去往各處上工的行人，一片欣欣向榮的景象。

待到快要走近糧站的時候，衛繁星眼尖地發現了幾個熟悉的身影。

嘖，余家人果然來了！

站定腳步，衛繁星絲毫不懼地朝著余家人露出燦爛的笑容，隨後，大搖大擺走到糧站大門外，報上大名，順利進入。

「小六，我先上工了，你也快去學堂。」衝著紀彥宇揮揮手，衛繁星交代道。

紀彥宇點點頭，確定衛繁星不會出任何意外，方才轉身離去。

而余家幾人親眼目睹這一幕，知道衛繁星昨日並未說謊，又是生氣又是失望，最終只能灰溜溜地轉身走人。

「衛會計，來得好早！」

跟衛繁星打招呼的是昨天下午才在紀家見過的，糧站副總帳房李嬌嬌。

「李總帳房也早。」衛繁星點點頭，回道。

聽見衛繁星的稱呼，李嬌嬌臉上的笑容立馬擴散，對衛繁星越發熱絡和親近了。「走走走，我帶妳去工位。正好也知會一聲，妳接下來需要負責的活計。」

「那就有勞李總帳房了。」衛繁星從善如流，隨著李嬌嬌往裡走去。

又是一聲「李總帳房」，李嬌嬌幾乎快要飄飄然了。

要知道糧站其他人稱呼她的時候，總是不忘記捎帶上一個「副」字，哪像衛會計這般，為人爽朗又大氣，連說話都格外好聽。

以後啊，她可得好好跟衛會計相處。

鑑於李嬌嬌的好感，衛繁星在糧站的第一天上午過得很是舒心，沒有遇到任何刁難，也沒有遇到任何難處。

等到中午要去食堂的時候，李嬌嬌還打算親自帶衛繁星去認路。

「麻煩李總帳房了，不過我還得去大門口接我家幾個小的。」因為不確定來的會是誰，衛繁星直接就統一概括了。

「沒事、沒事，我陪著妳一塊兒去接。說起來，妳家那對雙生花長得花容月貌呢！今兒個早上，我遠遠看到你們家雙生子中的一個了，小小年紀也格外俊秀，都是好看的人兒。」一上午的相處下來，李嬌嬌對衛繁星好感倍增。

「是吧！我家幾個小的確實容貌出眾，也很乖巧聽話，特別懂事。」衛繁星也很喜歡紀家幾個孩子，自然樂得聽到有人誇讚他們。

衛繁星的個人情況在昨天前往紀家之前，糧站這邊的負責人就已經全部打聽清楚了。

李嬌嬌身為昨天前往紀家的負責人之一，當然心下有數。

此刻見衛繁星對紀家是真的沒有絲毫芥蒂，李嬌嬌不免對她高看一眼。

她可是知道，衛繁星之前是酒坊的女帳房，要不是被娘家逼著，怎麼也不可能嫁去紀家這個泥窩。

光是紀家六個小的要養，就是極大負擔了，更別說衛繁星如今已經考中會計，又順利在糧站這邊站穩了腳跟，只要她想，隨時都能擺脫紀家那些拖累和麻煩。

但很明顯的是，衛繁星並沒有這樣的想法和打算，足以可見衛繁星這個人是何其善良和寬厚。

「咦？」

看到站在糧站大門口的兩個身影，衛繁星愣了愣。「我還以為今日中午會來的，不是小璃洛就是小暮白……」

第十一章

「我和小六先過來踩點，等熟悉了路線和情況，再讓他們過來。」

第一次來糧站食堂，紀佩瑤擔心紀璃洛和紀暮白給衛繁星添麻煩。

「也好。我也是頭一回去糧站的食堂，不確定是個什麼情況。」被紀佩瑤這麼一說，衛繁星反應過來，讚許地點了點頭。

紀璃洛和紀暮白雖然聽話，卻只有三歲，真要有個萬一發生，誰也預料不到。

「不怕的，咱們食堂都是熟人，兩個小的大可直接過來。只要他們自己不認生，糧站的大家都很和善的。」李嬌嬌在一旁解釋道：「像我家的過來，我就不用來接。他們也不知道來過多少次，大家都認識，直接去食堂就行了，還省得我著急忙慌趕去排隊。」

「多謝李總帳房的提醒。」

衛繁星了然，打算過一段時間也圖個省事，不來糧站大門口接人了。

「衛會計客氣了。」李嬌嬌不以為意地擺擺手，態度越發熱情。「既然接到人，那咱們趕緊去食堂。我聽說今兒個中午食堂準備了紅燒豬蹄，衛會計可要嚐嚐，很好吃的。」

「紅燒豬蹄自然是好菜。我正好也想問問，咱們一人能打幾個？是需要另外付銀錢，才能多帶幾個打包回家吧！」紀家的情況並不是什麼秘密，衛繁星也沒打算遮著藏著，當然是有什麼就問什麼了。

「哦對，這件事，我早上忙忘記了，還沒跟衛會計細說。站長交代過了，像紅燒豬蹄這樣的大菜，咱們尋常人都是一人一個，衛會計妳是雙人份。這是糧站給妳的特別待遇，獨一份的。」雖然都是管帳的，可衛繁星是正兒八經的會計，又是朝廷特意安排的工位，李嬌嬌自是不會生出嫉妒的情緒。

衛繁星挑眉，沒想到還有這種好事，當即就笑著道謝。

「衛會計不用這麼客氣。妳一直道謝，弄得我都不好意思了。」李嬌嬌連連擺手。

「禮多人不怪。我初來乍到，很多事情都不熟悉，也不了解，還得仰仗李總帳房多多提點和幫忙，當然是要謝的。」

哪怕李嬌嬌只是代為通傳，這態度好與不好、何時知會、何時提醒，多的是玄機。衛繁星沒打算跟李嬌嬌交惡，該有的禮數當然不會省下。

「別別別，咱們以後每日都要相處的，一直道謝算什麼事？要不這樣，我比衛會計年長，就大喊一聲『繁星』；衛會計就稱呼我一聲『李姊』或者『嬌嬌姊』，都成。咱們以後親近說話，不講究什麼禮不禮數的了。」

遇到衛繁星這麼會來事的，李嬌嬌這個老人精也沒能支撐多久，主動示好。

「嬌嬌姊。」明眼人都知道選哪個稱呼，衛繁星不客氣就挑了後者。

「哎！」李嬌嬌應答得特別響亮，顯然是極為滿意的。「繁星剛剛是問食堂的飯菜怎麼算銀錢，對吧？放心，咱們食堂都是對內的福利，象徵性收些銀錢就夠了。站長說了，這是特意關照咱們的家眷呢！」

隨即，李嬌嬌就具體又詳細地介紹食堂多的飯菜需要給多少銀錢。

一旁的紀佩瑤直接就傻眼。這麼便宜？

再想到她昨晚在飯桌上提議自己在家裡做飯更省錢，紀佩瑤不禁有些臉紅。

也就大嫂性子寬厚，才沒當場揭穿她的沒見識，否則她真要丟大臉了。

紀彥宇倒是不意外。

他們家這位大嫂以前可是女帳房，如今更是會計，論起算帳，自家四姊和五姊兩個人加在一塊兒都比不過大嫂。

既然大嫂說了，要他們來糧站食堂吃飯，足以可見這邊更實惠。

果不其然，此時此刻就得到了證實。

糧站食堂人是真的多，衛繁星他們剛一走進去，就看到幾個窗口都排起了長長的隊伍。

這個時候，李嬌嬌的家人在不遠處喊她了。

「嬌嬌姊，妳先去吃飯吧，不用陪我們了。待會兒我們打好飯菜，也是要帶回家吃的，就不耽誤妳吃飯的時間了。」衛繁星見狀，直接說道。

「成，那我就不跟妳客套了。」看排隊的人確實不少，李嬌嬌索性點點頭。「繁星，妳記著點下午上工的時間，可別晚了啊！」

「好，記著了。」糧站這邊中午是有休息時間的，兩個小時，足夠衛繁星來回紀家和糧站了。

隨後，衛繁星絲毫不含糊，示意紀佩瑤和紀彥宇各選了一條隊伍站定，她自己也跑到旁邊去排隊。

三個人三條隊伍，最是快捷，也不耽誤事。

糧站來了一位會計的消息，從昨天下午就開始瘋傳，到了這會兒，幾乎全糧站的人都知道了。

因此衛繁星這個陌生面孔剛在食堂露面，就引起了不少人的注視。

加之方才還有李嬌嬌這個副總帳房在一旁陪著，大家越發認定了衛繁星的身分。

於是乎，很快就開始有人跟衛繁星打招呼了。

衛繁星肯定是誰也不認識的，但這並不影響，但凡跟她打招呼的，她都會應聲，絲毫不見高冷。

見衛繁星還挺好說話的，一些人開始蠢蠢欲動。

「衛會計，剛剛那個小姑娘是妳家妹妹吧？說親了沒有啊？我家裡有個姪兒還不錯，要不要讓兩個孩子見見面？」

「對對對，我家也有個外甥，在造紙坊幹活呢！每個月的月錢都是自己拿著，家裡爹娘也都是好相處的。」

「一邊去！我家是親生的兒子，最是親近，有我這個親娘在，誰能越得過去？」

眾人七嘴八舌介紹自家的情況，甚是熱鬧。

衛繁星面不改色，逕自回道：「真是對不起了，我家還有一個下鄉的青娘子妹妹，其他妹妹都要等那個妹妹回城，才考慮親事的。」

「呀，這可要耽誤不少時日的，真不考慮提前說親？實在不成，先訂親也是可以的。」

反正只要訂了親，人就沒得跑，到時候多磨一磨，凡事都有可能嘛！

「不考慮了，要不是三妹妹去當了青娘子，家裡其他妹妹哪能有這麼好的日子過？肯定要先把三妹妹先安頓好，再考慮其他妹妹的。」

衛繁星的語氣不帶倨傲，也不顯得居高臨下，就是簡簡單單地拒絕，絲毫不拖泥帶水。

她這般說法，不少人覺得沒必要，但私心裡又覺得可以理解。被拒絕的人當然很失望，但並不生氣，也沒想怨懟。

就這樣三三兩兩，互相轉移開話題，聊旁的去了。

衛繁星就更不會刻意引起話題，排著隊打好飯菜，又去找了紀佩瑤和紀彥宇，帶著他們兩人離開食堂，出了糧站。

「佩瑤，剛剛在食堂裡的話，妳都聽到了？」回紀家的路上，衛繁星率先開了口。

「嗯，聽到了，我都聽大嫂的。」

紀佩瑤確實也沒想這麼早就成親。不單單是三姊紀佩琪還沒回城，家裡兩個弟弟還有姪子姪女，她都放心不下。

「既然聽我的，那我就把我的打算跟妳說一聲。」不管是紀佩瑤還是紀佩芙，衛繁星都不會作主她們的親事。但是該說的，她會提前說清楚。「妳和佩芙馬上就滿十六歲，可以找活計了。我是想著，如果有機會，盡可能先給妳們找一個活計，這樣以後妳們無論是嫁人，還是想留在家裡，都有自己的底氣，不用看任何人臉色。

「當然，成親的事情不是非要等到妳們三姊回城，如果妳們遇到合心意的人，先試著接觸，也不是壞事。真到了那時候，只要妳們自己鐵了心想嫁人，我肯定也攔不住的。」衛繁星其實不排斥早戀和早婚，只要負得起責任。

「我不急著嫁人。」紀佩瑤語氣堅定地搖了搖頭。反之，她更在意的是自家的生計。「大嫂妳說，我和佩芙真的能找到活計嗎？如今鳳陽城的活計是越發難找了。」

「確實難找，但也不能不找，就先等著看看。左右家裡現下不愁吃喝，妳和佩芙也不必太過著急。」如果不是考中會計，衛繁星如今只怕也得焦頭爛額地到處找工作，局勢就是這樣，沒辦法。

「嗯。」知道急也沒用，紀佩瑤只能先行按住情緒，轉而跟衛繁星道歉。「大嫂對不起，我明明什麼都不知道，昨晚還在飯桌上那樣說，一丁點也不體諒妳的用心良苦。」

「嗯？」衛繁星回過頭，不解地看向紀佩瑤。

什麼用心良苦？她自己怎麼都不知道？

「就是我說不用來糧站食堂買飯菜，自己在家裡做……」紀佩瑤越說越羞愧，聲音也越來越小。

「哦，這事啊，我也是今兒個才知道，原來糧站食堂的福利這麼好。之前我在酒坊的時候，是沒有這樣的好事的。」衛繁星倒不是故意安慰紀佩瑤，而是實打實的大實話。

「那酒坊食堂是什麼樣的啊？」

想著大嫂肯定是故意安慰自己才這樣說，紀佩瑤也不再陷入無用的情緒，打起精神陪著扯開話題。

「飯菜沒有糧站的好，也沒這麼便宜。」

真正見識過糧站的食堂，衛繁星不得不說，原主之前在酒坊根本就不能比。

第十二章

「那也比學堂好。之前爹爹在學堂的時候，根本不管飯的。爹爹每天都是回來家裡吃。」

所以，紀佩瑤根本沒有想過，糧站食堂的飯菜能如此便宜，關鍵是還有肉有菜，分量很足。

「沒事，以後咱們就能在糧站食堂吃了。要是哪天吃膩了，覺得不好吃了，再自己回家做。」

還沒嚐過食堂的飯菜，衛繁星擔心，大鍋飯沒有紀佩瑤的廚藝好，她會吃得不痛快。

「不會吃膩的。」想著自己碗裡端著的紅燒豬蹄和酸菜魚，紀佩瑤光是聞著味，就覺得好吃。

「那可不好說。」有些菜色也就看著還行，實則並不怎麼樣。衛繁星吃過不少虧，不輕易上當。「反正我很喜歡佩瑤做的飯菜。」

「大嫂喜歡吃我做的，我隨時都給大嫂做。」紀佩瑤不由說道。

「好，我等著。」衛繁星點點頭，笑了起來。

說著話的工夫，衛繁星他們已經回到紀家。

紀佩芙四人早就等得著急了，還沒等衛繁星他們進門，就都迎了出來。

尤其是紀彥坤，跳著腳跑在最前面，連聲高呼。「我來、我來！」

衛繁星二話不說，就把端了一路的飯菜遞給紀彥坤了。

紀彥坤心滿意足地笑開了花，扭頭去找紀佩瑤。「四姊、四姊！要我幫忙端不？」

「行了啊，又不是只有你長了手。」紀佩芙兩三步走近，搶著接過了紀佩瑤手中的碗，風風火火地走向堂屋。

紀彥坤便樂呵呵地跟在後面。

紀璃洛和紀暮白則是跑前跑後，什麼也沒撈著卻也不生氣，特別起勁。

等衛繁星他們帶回來的飯菜全部上桌，打開一看，留在家裡的紀家幾人瞬間都驚呆了。

這麼豐盛的飯菜，別是花了很多銀錢吧？

「沒花多少銀錢。」一見紀佩芙他們受驚嚇，衛繁星施施然坐下。「待會兒佩瑤跟佩芙報帳。」

雖然衛繁星就跟在身邊，今天去糧站食堂花的銀錢，卻並非衛繁星給的，而是紀佩瑤帶過去的。

一如衛繁星昨天說的那般，家裡的日常開銷都由紀佩瑤和紀佩芙掌管，她不管事，只管吃喝。

「真沒花多少銀錢。」紀佩瑤小小聲報了個數字。

「真的假的？這麼便宜？」紀佩芙再度驚呆，忍不住看向衛繁星。「糧站還缺女帳房不？」

「妳覺得呢？」衛繁星不答反問。

「肯定是不缺的。」高漲的熱情褪下，紀佩芙倒也談不上失落，畢竟是情理之中的事實。

「五姊，妳不是還沒考中女帳房嗎？」紀彥坤特別實誠地問道。

「我先打聽不行啊?!」沒好氣地白了紀彥坤一眼，紀佩芙頗有點惱羞成怒。

紀彥坤縮了縮脖子，剛想懟回去，就被衛繁星打斷。

「好了，開吃。」吃飯的時候不吵架，等吃完了，這姊弟倆愛怎麼拌嘴，衛繁星都不會攔著。

與此同時，紀佩瑤已經先一步給紀璃洛和紀暮白分好了飯菜。衛繁星話音落地，兩個小的立馬開吃。

桌上其他人也都開始拿起筷子吃飯。

嚐過食堂的飯菜，衛繁星點點頭，又搖搖頭。

怎麼說呢？不算難吃，但也談不上好吃。真要比起來，肯定不如紀佩瑤的廚藝，但放在這樣的朝代，絕對是不錯的了。

最起碼如果衛繁星不那麼挑剔，是能夠一直吃下去的。

相比之下，紀家其他人就吃得心滿意足，沒有任何異議和怨言了。

一看紀家幾人的反應，衛繁星到了嘴邊的話又嚥了回去。

既來之，則安之，她還是應該多多隨大流，不好總是特立獨行。

吃完飯，收拾碗筷的事情肯定輪不到衛繁星，她便拿出上午兌好的銀錢，逐一發給幾個孩子。

「按著年紀來，璃洛和暮白每個月的零花錢只有兩文，就是給你倆買糖果吃的；小六和小七是五文，你倆看著辦，想怎麼花就怎麼花；佩瑤和佩芙是十文銀錢，買胭脂水粉或頭花，自己存著當私房錢，都行。」沒有遮遮掩掩，衛繁星直截了當地說出幾個孩子的區別。

「謝謝大伯母。」紀璃洛率先道謝，聲音清脆響亮，透著滿滿的歡喜。

紀彥宇和紀暮白也跟著道了謝。

「那等我和彥宇也有十五歲了，是不是每個月的零花錢就有十文啦？」下意識的，紀彥坤問道。

「對。」衛繁星點點頭，沒有任何遲疑。

紀彥坤登時就露出了嚮往神色。

「大嫂，我可以不要的。」紀佩瑤則是不好意思地推脫著不收。

「姑娘家大了，存著私房錢不是壞事，拿著吧！」見紀佩瑤滿臉矛盾，衛繁星索性就變了說辭。「說不定家裡什麼時候需要急用，到時候妳再拿出來就是。」

紀佩瑤已經伸出去的手，就此又縮了回來。

是了，她可以先存著，以防不時之需。

相對之下，紀佩芙就坦蕩多了。銀錢欸，不拿白不拿！大不了等以後她找到活計，領了月錢，再加倍還回去就是。

正事幹完，衛繁星沒再耽擱，去睡午覺。

紀佩瑤和紀佩芙收拾碗筷，紀彥宇回屋溫書。

為了不吵鬧，紀彥坤直接帶著紀璃洛和紀暮白出門去玩。

「有活計可真好。」

廚房裡，紀佩芙一邊洗碗，一邊發自內心地感嘆。

紀佩瑤便將今天回來路上衛繁星說的話，轉述給紀佩芙聽。

紀佩芙猛地抬起頭，驚喜道：「她的意思是不是會幫我們張羅活計啊？」

至於成親什麼的，她根本沒放在心上，渾然不在意。

「我覺得真要有合適的機會，大嫂肯定不會忘記咱們的。所以佩芙，妳以後要老老實實聽大嫂的話。」

這兩日，同樣的話已經不知道說過多少遍，紀佩瑤卻依然不厭其煩。

見紀佩芙還想反駁，紀佩瑤不贊同地搖了搖頭，輕聲訓斥道：「妳老是『她』啊『她』地喊，『她』是誰？爹娘從小是怎麼教導我們的？做人不可以忘恩負義，更不能恃寵而驕。妳不能總是仗著大嫂脾氣好，不跟妳計較就為所欲為。時日長了，大嫂寒了心，就再也不會理睬妳了。」

「我又不是成心跟她作對……」聽到衛繁星會寒心，紀佩芙低下頭，嘟囔個不停。「好啦、好啦，知道啦！下次喊她大嫂，這總行了吧？」

並不知道紀家姊妹花在廚房裡的對話，衛繁星舒舒服服睡醒，慢悠悠地去上班。

這一次，倒是沒人送她了。

下午跟上午一樣，對衛繁星而言過得飛快，也沒什麼難度。

在專業領域裡，衛繁星的能力毋庸置疑，哪怕乾元朝的帳房制度跟現代有著區別，但本質上都是一樣的。全面了解過後，衛繁星很快就上手了，得到一致好評。

衛繁星沒有自大。

糧站給她的待遇是真的不錯，下午李嬌嬌還悄悄跟衛繁星說，衛繁星每個月二兩銀子的薪資都快比站長多了。連總帳房梅昌振都只有一兩半的銀錢，這還是逐年漲起來的。

不像衛繁星，一上來就是二兩銀子，不知道羨慕壞了多少人。

李嬌嬌自己身為副總帳房，一個月也就只有一兩銀子的薪資。

當然，她跟梅昌振一樣都是幹了十幾年才漲到這麼多的，最開始剛當帳房的時候，她一個月也就四百文銀錢。

「我在酒坊的時候，只有三百文銀錢。」衛繁星不想拉仇恨，說道。

「差點忘了，妳之前在酒坊也做過四年的帳房。不過，酒坊的月錢是不是太少了點，四年也才三百文銀錢，沒有漲過嗎？我記得我是第三年開始漲月錢的，第四年都有五百文銀錢了。」要說李嬌嬌心裡完全不酸，肯定不可能，但有了這個對比，她立馬又好受了些。

「酒坊那邊是五年一漲的，而且只漲五十文銀錢，沒有漲這麼多。」翻翻原主的回憶，衛繁星如實回答。

「那酒坊確實比不上咱們糧站好。幸虧妳來了咱們糧站，要是還留在酒坊，可不虧大了。」李嬌嬌有一搭沒一搭地跟衛繁星說著閒話。

衛繁星的視線落在手中的帳目上，時不時分心應答李嬌嬌兩句。

李嬌嬌也不生氣，只要有人跟她說話就成，否則一直悶頭算帳，她都快要憋壞了。

衛繁星不喜歡加班，工作時間向來把握精準，一到吃飯的點，她二話不說起身往外走。

因為要去大門口接人，衛繁星就沒有叫上李嬌嬌，只是打了聲招呼。

李嬌嬌揮揮手，也沒再像上午那般客套，否則就顯得太虛偽了些。

這次，紀家來的是紀彥坤和紀璃洛。

見到他們兩人，衛繁星沒有絲毫意外，領著兩人直奔食堂。

「哇！」

「哇！」

跟紀佩瑤和紀彥宇完全不同的反應，紀彥坤和紀璃洛真是走到哪兒都要驚嘆一聲，差點沒把兩人給忙壞。

有了經驗的衛繁星，這次也是直接安排紀彥坤和紀璃洛去排隊。

哪怕紀璃洛人還小，但排隊也算人頭，等她這邊打完菜，再過去找紀璃洛就行了。

第十三章

糧站食堂一直都有家眷來，像紀璃洛這樣小的也不是沒有，但確實比較少有，乃至不少人都帶著善意的笑容盯著紀璃洛，看稀奇似的。

紀璃洛是個不露怯的孩子，哪怕被很多人盯著，她也沒有害怕，時不時還會朝著大家露出可愛的笑容。不一會兒，就擄獲了不少好感。

「小姑娘，妳是衛會計家的吧？」

這不，就有人開始跟紀璃洛打招呼了。

「對！」紀璃洛知道衛繁星在糧站當會計，當即肯定地點了點頭。

「聽說妳還有個弟弟，是龍鳳胎？」

中午，紀佩瑤和紀彥宇走後，糧站眾人的話題就轉到了紀家人的身上。

三對雙生子啊，紀家可真會生孩子！而且紀家這幾個孩子都長得很好看，光是看著就賞心悅目。

「對。」紀璃洛眨眨眼，繼續回道。

「怎麼沒有跟弟弟一起來呢？妳兩個姑姑和兩個叔叔，也是分開來糧站，是害怕走在一起太惹眼了？」別說，不管是雙生花，還是雙生子，肯定都是引人注目的。

「姑姑和叔叔要帶我和暮白啊！」紀璃洛嗓音清脆地回答。「我和暮白都太小了，一起來食堂會給大伯母惹麻煩的。」

「哎喲，妳真乖！」任何地方，都有好人，也有愛嚼舌根的，糧站也不例外。「對了，中午來的是妳哪個姑姑啊？她說親了沒？妳家裡另外那個姑姑，是不是也跟中午這個長得一模一樣？性子好不好啊？」

紀璃洛年紀小，卻並非什麼也不懂。能說的，她會說，像這種擺明了打探家裡私事的，紀璃洛肯定不會提。

尤其，還涉及到兩個姑姑。

紀璃洛當下就轉過頭，看向了正四處張望的紀彥坤。「七叔，我想跟你換個位置站！」

「哦，好。妳過來，我跟妳換。」

如果是紀彥宇跟著，肯定會一直注意紀璃洛的一舉一動，紀彥坤是個粗心的，滿心好奇地到處張望，完全沒聽見紀璃洛這邊發生了什麼事。

「來嘍！」

紀璃洛就跟個小炮仗似地衝了過去，順利跟紀彥坤換了隊伍。與此同時，也遠離了剛剛問話的人。

這無疑就是被一個三歲的小姑娘打了臉。

周遭不少看笑話的眼神都飄了過來，風大娘的臉色出奇地難看。

中午，她也向衛繁星提出說親，本來是好心好意，哪想到會被衛繁星拒絕。當時聽了衛繁星的回答，風大娘其實是退縮了。

可反覆思考了一下午之後，風大娘實在不甘心就這樣放棄，才會在晚飯時盯上了紀璃洛。

她仔細打聽過了，紀家那個青娘子已經下鄉七年，再有三年就能回城。而紀家雙生花現年才十五歲，三年後也才十八，正是成親的年紀。

風大娘想要說親的對象是自家兒子，光是想著能跟衛繁星這個會計搭上關係，她就極其高興，也特別激動。

沒承想，她竟然連一個三歲小姑娘都搞不定！

風大娘倒是想要直接跟過去，繼續追問紀璃洛，偏生衛繁星就在這個時候走過來了。

不知道是不是她的錯覺，總感覺衛會計的臉色好像有些冷？

剎那間，風大娘就不敢輕舉妄動了。

跟紀彥坤這個粗心的不同，衛繁星打從剛剛就一直將紀璃洛這邊的動靜看在眼裡。對於風大娘的算計，她一眼就看穿了。

然而，她並不打算主動挑破，也沒準備再給風大娘追著問的機會。迅速帶著紀璃洛和紀彥坤打好飯菜，衛繁星不做任何停留，逕自離去。

「大伯母，剛剛在食堂，有個大娘問我四姑姑和五姑姑有沒有成親，性子好不好。」如今在紀璃洛的心裡，衛繁星這個大伯母無疑就是家裡的主心骨兒。不管任何事情，都能找衛繁星告狀。

「我看到了。」衛繁星點點頭，誇讚道：「小璃洛處理得很好。」

紀璃洛立馬就驕傲地抬起了小下巴。「我都沒有回答的！」

「什麼、什麼？誰問妳四姊和五姊的事了？我怎麼都不知道？」慢了半拍的紀彥坤發現自己錯過了很重要的時刻。

「七叔就忙著到處看啊看！」紀璃洛撇撇嘴，輕哼道。

「不是，我這不是頭一回去糧站食堂嗎，肯定要到處看看啊！」紀彥坤大呼冤枉，又按捺不住滿腔的激動。「糧站的食堂真的好大，人也好多。飯菜很豐盛，還特別便宜。要是能在糧站食堂吃上一輩子，那就太好了！」

「七叔，你就只知道吃。」紀璃洛不客氣吐槽道。

「我也知道別的。」被紀璃洛吐槽，紀彥坤急忙打住。「大嫂，四姊和五姊的親事可不能隨隨便便就定下來。等我和彥宇長大，我們一起養四姊和五姊。」

「你倆才十歲，等你倆長大，也不怕耽誤了你們四姊和五姊的大好姻緣？」紀彥坤的心意，衛繁星當然懂，不過紀彥坤的話語，衛繁星可不苟同。「放心吧，我跟你們四姊說了，最好是先等她們兩姊妹找到活計，再說親事。」

「那也行。」在紀彥坤的眼裡，有了活計就有了底氣，兩個姊姊嫁去夫家也不怕吃虧受欺負。

紀彥坤和紀璃洛都是藏不住話的，一回到家，就跟紀佩瑤和紀佩芙說起了在食堂發生的事情。

「什麼？又有人要給我和四姊說親？」紀佩芙震驚地扶額。「我和四姊也沒那麼吃香吧？早先可從沒有過這種事情。」

「因為大嫂是會計的緣故吧！」

紀佩瑤中午是親身經歷過的，她能明顯感覺到，糧站那些人都是衝著衛繁星而來。

「嘖，怎麼還帶攀關係的？」紀佩芙對說親一事就更牴觸了。「反正我不嫁人，誰也別想占咱家的便宜。」

「幹麼不嫁人？真要有合適的，先見見面、接觸接觸，不是壞事。」衛繁星卻是不一樣的看法。「萬一以後妳想嫁人了，好的對象都成親了，哪裡還輪得到妳？」

「輪不到，我就一輩子也不嫁人。」

紀佩芙癟癟嘴，頗為理直氣壯。

「那妳先得找到一份活計。」衛繁星不打算干預紀家人的人生。是否成親、是否嫁人，都看他們自己的意願。

「我……」提到活計，紀佩芙不免又有些洩氣。「我還不知道能不能考中女帳房。就算考中了，好像也很難找到活計。」

「考試結果不是還沒出來？等出來了，再說別的話。」衛繁星說著就敲了敲手中的筷子。「吃飯！」

紀佩芙登時就不吱聲了，老老實實地低頭吃飯。

比起中午，糧站食堂的晚飯沒有那麼豐盛，但也有一個肉菜、三個素菜，油水很足，直把衛繁星他們都吃得撐撐的。

吃完飯，老樣子，紀佩瑤和紀佩芙收拾桌子。紀彥宇正打算回屋，被衛繁星叫住。

同時被叫住的，還有準備出門去遛達的紀彥坤。

「你們一個去學堂、一個去武館，今天怎麼樣？有沒有不適應，或者被欺負？」捧著裝了溫水的杯子，衛繁星問道。

「沒有。」紀彥坤飛快搖頭，毫不掩飾他的歡喜。「我今天去武館認識了好多師兄弟，以後都是同門，打架不缺幫手了。」

「你最好不要鬧事，否則我會考慮要不要繼續讓你去武館。」看紀彥坤如此振奮，衛繁星意有所指地說道。

「我不鬧事、不鬧事！」生怕衛繁星說到做到，紀彥坤連忙改口。

「小六呢？學堂那邊一切可好？」

衛繁星其實並不擔心紀彥坤。

首先，紀彥坤性子活潑，心也大，成天都傻樂傻樂的。再者，紀彥坤去的是武館，全新的地方，結交的也是新的朋友。

紀彥宇卻不同。學堂是老地方了，紀明和生前還是學堂的夫子，無可避免地就會觸景生情。

「尚可。」紀彥宇沒有誇大說學堂多麼多麼好，也沒有一味哭訴在學堂受到的挫折，語氣頗為平淡。

尚可啊……衛繁星不覺得這是一個很滿意的答案。「明日我送你去學堂。」

「不——」紀彥宇剛想拒絕，就被衛繁星擺手打斷。

「就這樣說定。」衛繁星低頭喝水，一副不耐煩的模樣。「你倆該幹麼就幹麼去，別杵在這兒打擾我的清靜。」

明明是大嫂自己叫住他們的。紀彥坤敢怒不敢言，轉身就跑。

紀彥宇沈默片刻，到底還是提腳走人。

隔日清早，照例是紀彥宇第一個起身。

紀佩瑤第二個起身，逕自進了廚房。

等衛繁星醒來的時候，早飯已經上桌，連洗臉水都幫她端到了屋內。

「你們姊弟倆可真夠勤快的。」反正換了衛繁星自己是做不到的。

「大嫂每天那麼辛苦，我留在家裡本來就應該多幹些活。小六比我還早起床背書，委實刻苦。」

以前爹爹和二哥還在的時候，每日清早家裡都會傳出朗朗讀書聲，如今只有小六，紀佩瑤鮮少能聽到讀書聲了。

「考功名確實很辛苦。」

衛繁星不會說紀彥宇不用那麼刻苦之類的話語，人不能總是指望靠別人，只有憑靠自己才是真本事。

她現下的確願意照顧紀家人，但也只是現下，她自己都不能保證什麼時候突然就厭煩了，不想再管紀家這一大堆的爛攤子。

屆時，紀家人又能靠誰？

所以像紀彥宇這般，在有限的時間裡，多讀書、讀好書，無疑是明智之舉，也是衛繁星大力支持的。

第十四章

「小六說，大嫂今日要送他去學堂，叮囑我跟著一起去，之後好送大嫂去糧站。」見衛繁星梳洗完畢，紀佩瑤一邊端起水準備往外倒，一邊解釋道。

「我不用人送。」

昨日，紀彥宇非要送她去上班的時候，衛繁星就已經拒絕過了。

「不行的。大嫂一個人去糧站，路上不放心。」生怕衛繁星不讓她跟著，紀佩瑤急忙補充道：「而且我回來的時候正好可以去街市看看，有沒有家裡需要的東西，買些回來。」

「那妳回來的時候，不也是一個人？」被「不放心」的衛繁星提醒道。

「不一樣的。咱們這一路走去學堂，再走去糧站，天都要大亮了。我之後一個人回來，路上來來往往都是行人，捕快們也開始巡邏，不怕的。」紀佩瑤真心實意說道。

衛繁星很想說，她去糧站的路上也有不少行人。不過紀家姊弟都是執拗的人，顯然是說不通的。

加之紀佩瑤說了回來的路上要買東西，衛繁星就更不能攔著了，最終只好默認。

「我起床了！我起床了！」等紀彥坤著急忙慌起來的時候，衛繁星三人的早飯都快要吃完了。

「小七，你小心去晚了，被武師父責罰。」

紀佩瑤之前就讓紀彥宇去喊過紀彥坤，可紀彥坤非要賴床。

「我吃快點，然後跑著去！」紀彥坤也是害怕責罰的，兩三口就往嘴裡胡吃海喝地塞早飯。

「慢點、慢點，別噎著了。」紀佩瑤在一旁看得心驚膽戰，連忙給紀彥坤倒水。

「吃飽了！」接過水猛地灌了幾口，紀彥坤一抹嘴巴，拔腿就往外跑。「彥宇，我今天不等你了，武師父要提早點名！」

望著紀彥坤飛一般跑得不見身影，紀佩瑤想要喊住人，卻沒來得及。

搖搖頭，紀佩瑤頗為無奈。「怎麼總是冒冒失失的。」

「挺有活力的。」大清早的，紀彥坤就這麼折騰，足以可見他是真心喜歡去武館。這一點，衛繁星很滿意。

「大嫂，妳就是人太好，什麼事都順著我們，也不罵我們。」紀佩瑤本來覺得自己是個溫和性子，見識過衛繁星之後，她才意識到自己差得遠了。

毫無預兆被紀佩瑤發了一張好人卡，衛繁星啼笑皆非。

確定她是人太好，而不是太過冷血？她這難道不是因為不在意，才凡事都無所謂，也不打算跟他們生氣？

紀彥宇就是在這個時候放下碗筷的。

衛繁星也沒含糊，跟著起身。

「五妹，待會兒記得收拾桌上的碗筷。」紀佩瑤走去叮囑完屋裡還沒起床的紀佩芙，拿了銀錢，匆匆跟出門。

比起糧站，學堂離紀家就近多了，也就幾分鐘的路程。

直接將紀彥宇送去課室，衛繁星沒有馬上離開，而是找去夫子們的所在區域。

因紀明和曾經是這裡的夫子，紀佩瑤對學堂很是熟悉，衛繁星沒有走任何冤枉路，很快就順利見到了紀彥宇如今的夫子。

學堂的夫子對紀佩瑤並不陌生，對衛繁星就是初見了。乍一看到衛繁星找過來，眾位夫子都難免好奇。

緊接著，他們就聽到衛繁星自我介紹，知道了衛繁星是紀彥宇的大嫂，如今更是糧站的會計。

紀家的情況，學堂上下都很了解，也心知肚明。幾經變故之後，大家都以為再也見不到紀家兄弟來學堂讀書。

沒承想，紀彥宇又回來了。

本來他們還想著，是不是紀家勒緊了荷包，只能供養一個讀書人，這才放棄了腦子愚笨的紀彥坤。

可昨日中午時分，他們親眼看到紀彥坤穿著隔壁武館的學子服，在學堂門外等紀彥宇。雖說武館的學費沒有學堂高，但紀家無疑還沒倒下。或者說，紀家竟然還有多的家底。

紀家二嫂捲走家裡銀錢的事情，早已傳得沸沸揚揚。即便他們每日都在學堂專心教書、讀書，也有所聽聞。

直到此時此刻，衛繁星的到來，眾人心下的疑惑總算得到解答。

再然後，他們看向衛繁星的目光就變得不一樣了。

以前從未聽聞鳳陽城出過會計，紀家這位新過門的大嫂無疑是有真本事的，說是人上人，也不為過。

就連學堂的管事院長也被驚動，特意現身，過來跟衛繁星打了聲招呼。

「那就煩請諸位師長對我家小六多多照拂，辛苦了。」衛繁星不避不讓，更沒有惶恐，或者受寵若驚。她神色淡定地跟眾人自報完家門，又稍稍寒暄了兩句，便施施然離開了。

聽著包括管事院長在內所有人的應和聲，紀佩瑤忍了好半天，終於在走出學堂之後，悄悄跟衛繁星說道：「以前他們從未如此客氣過。」

「都是場面話，面子工夫罷了。」

衛繁星也沒想要這些人做什麼，只不過是稍稍提醒一下，以免有些人故意欺壓紀彥宇。

「那也不錯了。之前爹爹還在這裡當夫子的時候，他們都沒有此般和顏悅色。」紀佩瑤是真的感嘆。

「讀書人嘛，個個都清高，恃才傲物。」衛繁星說到這裡，忽然笑了笑。「反正咱們先禮後兵，就行了。」

說到「禮」，紀佩瑤的聲音再度壓小。「以前聽爹爹說，學堂裡不少學子都會給夫子送禮的。」

「咱們家沒送過？」衛繁星問道。

「嗯，沒有。」紀佩瑤搖了搖頭，面上有些糾結。「現在要不要送？」

「不送。」衛繁星輕飄飄地丟出兩個字。

紀佩瑤抿抿嘴，又點點頭。「我也覺得不送的好。爹爹以前就教導我們，為人要清正，不走歪路，不行惡事。」

「佩瑤要是擔心，以後可以多關心一下小六。一旦發現小六在學堂被欺負了，隨時跟我說。後面的事，交給我就行了。」

衛繁星自己肯定是沒有那個閒心，整日盯著紀家這幾個孩子的。

「大嫂，妳別……」雖然知道衛繁星很厲害，可衛繁星畢竟是女子，紀佩瑤也不希望她招惹是非和麻煩上身。

「放心，我從來不主動惹事。」衛繁星停下腳步，臉上帶著和煦的笑。「但是我也從來不怕事。」

紀佩瑤也說不上為什麼，這一刻，她忽然就感受到了前所未有的安心。覺得只要衛繁星這個大嫂在，她就真的什麼也不用擔心了。

來糧站工作的第二天，衛繁星依然很是順利。臨到中午，她正準備走人，被站長叫住了。

「衛會計來咱們糧站也有兩日了，感覺怎麼樣？有沒有哪裡不適應，或者對哪裡不滿意的？衛會計但凡有要求，只管提，我們糧站肯定會盡可能安排的。」對衛繁星這個空降的會計，站長沒什麼不滿意的，反而頗為重視。

「感覺很好，沒有哪裡不適應，也沒有哪裡不滿意的。多謝站長的關懷，我覺得咱們糧站哪兒都很好。」衛繁星游刃有餘地配合著站長的官腔。

站長頓時心花怒放，連帶語氣也多了幾分溫和。「本來啊，糧站是打算安排衛會計直接上任總帳房的，但後來考慮到衛會計的年紀，暫時就擱著了。等再過兩年，咱們糧站總帳房的位置，肯定就是衛會計的了。」

先不論站長這話是不是在畫大餅，衛繁星總算明白，為何前日總帳房梅昌振見到她還甚是熱情，昨日卻有些冷淡的原因所在了。

怕是站長已經跟梅昌振透露過什麼了。

毫無預兆被樹敵，還是她的頂頭上司，衛繁星著實無奈，但也沒什麼可怕的。

如今乾元朝的正式工作沒有下崗一說，也沒有辭退一說，哪怕梅昌振再是不喜她這個下屬，也不能憑空將她開除。

既然鐵飯碗在手，衛繁星只需要做好自己分內的工作，其他的，根本不需要在意。

是以念頭在腦中飛快閃過一遍，衛繁星便一笑而過了。

當然，該表的態度不能少，該有的決心也不能藏著。「站長放心，我會好好幹活的。」

「好好好！有衛會計這句話，我可放大心了。想來衛會計也看到了，咱們糧站——」

站長還待大力吹噓糧站是個很好的地方，值得衛繁星辛苦工作，就被從外面跑進來的李嬌嬌給打斷了。

「繁星，妳家妹妹在食堂跟人吵起來了！」李嬌嬌是主動幫衛繁星去糧站大門口接人的，沒想到紀佩芙已經帶著紀暮白進來了。

她一問才知道，因為紀佩芙跟紀佩瑤是雙生花，門衛一看就認了出來，知道是衛會計的家眷便沒有攔人，直接放行。

好在李嬌嬌過去得快，半路就跟紀佩芙兩人碰到，否則等她趕去大門口，怕是要錯過。

既然接到人，李嬌嬌也沒含糊，帶著紀佩芙和紀暮白就去了食堂。

隨即跟昨日一樣，安排紀佩芙和紀暮白先行去排隊後，李嬌嬌就去跟家人會合了。

哪想到這一轉身的工夫，就聽到紀佩芙跟人爭執的聲音。

李嬌嬌連忙就來找衛繁星了。

「站長，我先過去食堂看看。」吵起來了？衛繁星變了臉色。

「行行行，妳趕緊去。」這個時候，站長可不好意思留人。

剛剛他還大誇特誇糧站多好多好呢！下一刻就被打了臉，他這個站長的面上也很是無光。

顧不上理睬站長是什麼臉色，衛繁星迅速趕往食堂。

李嬌嬌朝著站長點點頭，隨後跟上。

第十五章

「妳說妳這小姑娘，怎麼如此蠻橫不講理，我不過是問上兩句怎麼了？真是一點家教都沒有，這沒爹沒娘教養就是不行……」

食堂裡，風大娘依舊在慷慨激昂地叨叨。

紀佩芙已經氣得渾身發抖，臉上滿是怒意。若不是想著這裡是糧站，衛繁星以後還要在這裡工作，她肯定不管不顧，直接跟風大娘動手了！

紀佩芙沒有動手，不過下一刻，她的眼前一陣風掃過，對面的風大娘「哎喲」一聲，臉被一雙筷子砸中。

紀佩芙猛地回頭，正是衛繁星來了。

一瞬間，自詡堅強的紀佩芙忽然極其委屈，瞬間紅了眼圈。

「誰幹的？誰丟我？」風大娘氣呼呼，嚷嚷出聲。

「我幹的。我丟的。」衛繁星冷著臉走近，聲音如刀子似地冰冷。「我家妹妹有沒有家教，自有我這個大嫂教養，輪不到一個外人說三道四。妳若是敢再拿我已經過世的公婆說事，下次丟到妳臉上的，可就不只是一雙筷子了。不信，妳儘管試試！」

「衛、衛會計……」見到衛繁星到來，風大娘還是有些怕的。「那什麼，都是誤會，我和小姑娘拌兩句嘴罷了。」

「拌兩句嘴需要扯到我已經過世的公婆？那我現在是不是也可以拿妳家已經過世的長輩說事，再論一論妳的家教？」衛繁星從來都不是息事寧人的脾氣，但凡惹到她，都要有一說一，把事情掰扯清楚才算數。

「大嫂，是她自己跑過來非要給我說親的。我都說了我不願意，她還不依不饒……」

這是紀佩芙第一次喊衛繁星「大嫂」。

毫無疑問，此時此刻的衛繁星正是紀佩芙最信任和依賴的人。

「不是第一次了吧！」安撫地拍了拍紀佩芙的手臂，衛繁星皺起眉頭看著風大娘。「昨日中午妳第一次問，我已經拒絕，並且給出了解釋。昨天晚飯時，妳又在食堂追著我家才三歲的小姪女問。怎麼？我家三歲小姪女直接躲開的反應，還不夠明確？

「今天妳還來問，是不是非要別人把妳臉皮扯下來狠狠踩在地上，妳才甘心？」衛繁星也是對這位風大娘無語了。

昨天中午，明明風大娘瞧著是個識時務的，在聽到她的解釋之後，立馬就走開了。

沒想到接二連三的，風大娘淨在背後搞些小動作……

「衛會計，我也是好心，這說親難道還說出錯來了？」風大娘不承認自己懷著壞心，頓時叫冤。

「妳要說親，咱們糧站多的是其他人家可以說，妳就非要逮著繁星家的姑娘說？繁星昨日就說了，他們家的姑娘暫時不說親，妳是聽不懂，還是故意裝作沒有聽見？」

李嬌嬌實在聽不下去，站了出來。

圍觀不少人也都開始指指點點，議論紛紛。

「哎呀呀，我這不是實在太喜歡衛會計家的兩個姑娘，就巴不得立馬將她們兩個都娶回家裡去供著呢！」風大娘是個厚臉皮，才不怕被人閒話是非。

恰恰相反，她巴不得大家將她家兒子跟衛繁星家的兩個姑娘牽扯到一起，這樣即便暫時說不成親事，以後紀佩瑤和紀佩芙真想要說親的時候，大家率先第一個想到的，不也是她兒子？

姑娘家的名聲一旦被定下來，風大娘就不信還會有不識相的來跟她爭搶。

所以，風大娘巴不得把事情鬧得越大越好，也正中她的如意算盤。

「我才不嫁去妳家！」風大娘這般做派，實在有些噁心人，紀佩芙立馬就怒懟道。

「妳一個小姑娘家家的，我不跟妳吵。衛會計是能幹人，見多識廣，肯定知道什麼樣的人家好。像我這樣心直口快的長輩，最是好相處了。等以後咱們成了一家人，妳就懂了。」

對紀佩芙一個小姑娘，風大娘並不怎麼放在心上。

左右以後要嫁到她家任由她收拾的，早早管教好，也省得日後再跟她這個長輩鬧。

不過換了衛繁星，事情就又不一樣了。

一改方才的惡言相向，風大娘這會兒玩起了懷柔政策。

「敢問嫁去你們家，是朝廷哪條律法規定的？」風大娘的算盤打得很精，但卻並不高明，聰明如衛繁星，一眼就看穿了，自然不會給她留絲毫情面。「還是說，不嫁去你們家，也犯了朝廷律法？」

「這這這……衛會計可不帶瞎說的，我們平頭老百姓而已，哪敢牽扯到朝廷律法？」衛繁星突然扣下來的帽子過大，精明算計如風大娘也著實被嚇了一大跳，連忙澄清。

「既然不是朝廷律法規定，我紀家的姑娘憑什麼非要嫁去你們家？就因為我紀家的姑娘倒楣，來糧站食堂打個飯菜，被妳給相中了？妳這是想要強取豪奪，還是逼婚逼嫁？」衛繁星面無表情，繼續質問道。

「欸，不是，不是，真的不是，我哪裡……衛會計妳這是冤枉人，我我我……我實在是太冤枉了我……」風大娘沒料到衛繁星這般難纏，越說越嚇人。

她甚至毫不懷疑，下一刻，衛繁星就要把她扭送到官府去問罪了。

「是不是冤枉，妳自己心知肚明。我最後奉勸妳一句，不要再有下一次。否則，咱們直接官府大堂上見！」衛繁星撂下警告，帶著紀佩芙和紀暮白走到食堂窗口，面不改色地打好飯菜，揚長而去。

目瞪口呆地看著衛繁星就這樣離開，臨走前甚至還打包了飯菜，被留在原地備受注目的風大娘又是生氣、又是驚懼，一句多的話也不敢再說。

她、她不就是想要跟衛繁星這個會計當個親家嘛！怎麼好端端的喜事，居然徹底把衛會計給得罪了呢？

「大嫂，對不起，我不該在糧站食堂跟人吵架。」走出好遠之後，紀佩芙掙扎許久，還是主動道歉。「會不會影響妳的活計？」

「為什麼要道歉？妳又沒有做錯任何事情。」衛繁星詫異地問道。

「我不是糧站的人，怎麼吵架都沒關係。可大嫂還要在糧站幹活，我害得大嫂得罪人……」紀佩芙彆扭解釋道。

「妳覺得，我像是會害怕得罪人的？」衛繁星好笑地問道。

「不得罪人總歸更好吧！大嫂又是才剛去糧站，還沒站穩腳跟……」紀佩芙努力說著自己的想法。

「嗯，這樣想也對。等以後妳找到合適的活計，就需得這般考量，凡事不要魯莽衝動。當然，也不能畏畏縮縮，害怕得罪人，就老老實實被欺負。」衛繁星認可地點點頭，隨即又指了指自己。「不過我就算了，我是會計，不怕得罪人。」

紀佩芙張張嘴，又閉上，沒有想到合適的說辭反駁衛繁星的話。

不過這一刻，紀佩芙忽然下定決心，以後也要變得像衛繁星這般厲害，不怕任何人，只做她自己。

紀佩芙在糧站食堂跟人吵架的事情，沒有瞞住家裡其他人。

紀佩瑤是擔心的，也是生氣。既生氣那位風大娘的嘴巴怎麼如此壞，又生氣紀佩芙關鍵時刻沒有沈住氣。

可紀佩芙說了，她已經向大嫂道了歉，而且大嫂說她沒有做錯，不怕得罪人……

「妳這丫頭，以後小心些。要不然，妳就不要去糧站了。」不好過多地訓斥紀佩芙，紀佩瑤說道。

「憑什麼啊？我又沒有做錯事，為什麼不能去糧站？我就要去！」紀佩芙本就反骨，登時不高興了。

「不是，這脾氣再不改改，妳又跟人起了衝突怎麼辦？大嫂說不怕得罪人，何嘗不是安慰妳的話，妳就信以為真，理所當然地什麼也不管不顧了？妳自己說說，要是妳在糧站幹活，得罪人是不是真的一丁點關係也沒有？」紀佩瑤就惱了。

「我……大不了，我下次不跟人起爭執了！我今兒個才跟那個風大娘吵架，明日就不去糧站了，豈不是弄得好像我怕了她？」紀佩芙也知道自己做得不太妥當，可她捨不得不去糧站。

「妳這性子啊，真要改一改了。」紀佩瑤知道，她說是這樣說，紀佩芙怕是不會聽。

但這個叮囑，她還是得提。

只盼望以後哪一日，紀佩芙就真的改了吧……

衛繁星是真沒覺得，紀佩芙的性子需要改一改。

一如她自己說的，她不怕得罪人，在糧站的日子也一如既往地順風順水，沒有出任何紕漏。

至於紀佩芙，次日還是照樣去了糧站。

本來紀佩瑤是要攔著她的，可紀佩芙考中了女帳房！

紀佩芙說要親自去跟衛繁星報喜，紀佩瑤想了想，到底沒有阻攔。

「不錯，考得好！」衛繁星是真心實意地誇讚紀佩芙。雖然如今鳳陽城的帳房已經很多，但也不是那麼好考中的。

「那我是不是可以開始找活計了？」在找活計這件事上，紀佩芙沒有任何經驗，也不知道該從何找起。

唯一能指望的，就只有衛繁星這個大嫂了。

「可以。但還是那句話，不好找。」衛繁星點點頭，又搖搖頭。

「不怕，我不急，慢慢找就是了。」

考中了女帳房，紀佩芙整個人都變得溫和了，不像之前那般渾身帶刺。

衛繁星笑了笑，默認了紀佩芙的想法。

第十六章

「繁星，你們家又出了一個女帳房啊！」

紀佩芙的嗓門挺大的，李嬌嬌也聽見了。當時沒有多說，等再跟衛繁星一起幹活的時候，她便絮叨了起來。

「是。」衛繁星頓了頓，順口問道：「嬌嬌姊可知道，最近哪兒有合適的活計給我家五妹？」

「這倒是沒有。繁星妳自己也知道，咱們鳳陽城的活計太難找了，我這兒也是沒有門路。」李嬌嬌搖搖頭，言語間帶著幾分抱歉。

如果能幫得上忙，她肯定不會推讓。但事實上，如今想要在鳳陽城找個活計，真的比登天還要難。

「沒事，先讓我家五妹等著就是了。」衛繁星本也沒有抱任何希望，得到意料之中的答案，便就此作罷。

一個月的時間，衛繁星在糧站的工作漸漸步入正軌。

紀家其他人也都各自開始適應了不一樣的全新生活。

而在這一個月裡，紀家先後收到了紀佩琪和紀昊湞的兩封家書。

紀佩琪在距離鳳陽城足足有兩日路程的河裡村，離得近，家書也回得更快。

家書中，隻字不提這段時日的煎熬和痛苦，紀佩琪只笑著說起了如今她在河裡村的變化。

事實上，自從收到家裡來信，紀佩琪整個人的面貌確實是煥然一新，終於有了精氣神。

七年前主動來到河裡村，紀佩琪不曾後悔。可是得知二哥和爹娘接連去世，她卻沒辦法趕回鳳陽城，一直甚是鎮定的紀佩琪到底還是慌亂了。

這一段時間裡，她吃不好、睡不著，連幹活都不再如之前那般賣力，沒少招來鞭笞和注目。

村裡不少人都知曉她家發生了噩耗，有看笑話的，也有善意關懷的。紀佩琪全都顧不上，也盡數置之不理。

有那麼一瞬間，紀佩琪感覺自己的天快要塌了。

直到紀佩琪得知，大哥紀昊湞及時趕回了鳳陽城，二哥和爹娘都已經安葬，家裡還有了一位能幹厲害的大嫂。

至於那位捲走家裡所有銀錢的二嫂，紀佩琪從未見過，也沒有接觸過，並沒有紀佩芙他們那般傷心，更多的是家人被背棄的憤怒。

而衛繁星這位大嫂，如果真如紀佩芙信中所說的那般運籌帷幄，紀佩琪自然能暫時放下心來了。

當然聰慧如紀佩琪，按著書信中所說的，告知了河裡村的村長，她家多了一位在鳳陽城糧站當會計的大嫂。

很快，紀佩琪就明顯感覺到她在河裡村的處境大大改善，竟是受到了前所未有的照顧。

對此，紀佩琪絲毫不意外，更多的是一切盡在不言中的了然。隨後就回了這麼一封家書。

「三姊總是報喜不報憂，真是愁死人了。」讀著紀佩琪的家書，紀佩芙的心境也跟以前不同了。

以前紀佩琪說什麼，她就信什麼，真心以為紀佩琪在河裡村過得還算安穩。可如今的紀佩芙顯而易見地受到衛繁星那番話的影響，開始認真設身處地考慮起紀佩琪這個青娘子可能遭遇的困境。

「至少三姊第一次在信裡說起了當地村長對她的關照，也提到她現在的活計較之以往更輕鬆。」

以前，紀佩琪信裡只會說自己處處都好，可沒有這般明確又仔細地說出具體細節。

紀佩瑤哪裡看不出來，紀佩琪的處境是真的得到了改變。

「三姊還說，寄過去的口糧她吃了，還是家裡的味道。」紀彥坤翻來覆去地看著紀佩琪書信上的內容，難得心思敏銳了一回。「這是不是說，三姊一直都很想家，想回來啊？」

「怎麼可能不想家，不想回來？三姊去了七年，七年啊！」紀佩芙光是想著，就有些眼熱。「幸虧三姊是個堅強的，沒有直接在鄉下隨便找個人嫁了。否則，我真要哭死。」

「鄉下也不是人人都不好。」紀佩芙這話就有些偏頗了，衛繁星實事求是地說道。

「那也不能嫁在鄉下啊！真要嫁了，三姊還怎麼回來？我們都一直盼著三姊回來呢！」紀佩芙撇撇嘴，不服氣地嘟囔道。

「沒說你們不盼著佩琪回來，也沒說嫁在鄉下就一定好，我只是單就『鄉下也有不錯的歸宿』這一點，提醒妳說話不能太過絕對而已。」衛繁星聳聳肩，回道。

像紀佩芙方才的話，自家人聽著肯定沒什麼，可外人聽到，就很容易誤會紀佩芙是看不上鄉下人。

這種事情可大可小，一旦傳開，會影響紀佩芙的名聲，甚至干涉紀佩芙之後找工作和說親。

「我……」紀佩芙本能想要反駁，迎上衛繁星望過來的視線，她莫名就心下顫了顫，老實點點頭。「我知道了，下次肯定注意。」

「知道佩琪如今在那邊過得還算好，你們大家也都可以放心了。接下來還是老樣子，每個月都給佩琪寄些口糧。」衛繁星也不是非要揪著紀佩芙的錯不放，直接轉移話題。「當然，如果佩芙想要寄胭脂水粉，也可以拿妳自己的零花錢給妳三妹買。」

紀佩芙瞬間就忘了剛剛被衛繁星嚇得心悸，急忙喊道：「一定要用我的零花錢嗎？不可以從家裡的支出裡記帳嗎？」

她如今管著家裡的帳本，一個月一兩銀子的支出絕對是綽綽有餘的。只要衛繁星首肯，足夠她給三妹買好幾盒不錯的胭脂水粉了。

「不可以。」衛繁星搖搖頭，一臉不可商量。

「好小氣。」紀佩芙就洩了氣，倒是沒敢繼續跟衛繁星吵，只是委屈巴巴地說道：「那我自己買。」

一旁的紀佩瑤不由得笑了。「傻不傻啊妳？大嫂逗妳呢！三妹如今是什麼情況，哪適合用胭脂水粉？妳還不如把買胭脂水粉的銀錢都存起來，等三妹三年後回城，一併拿給三妹，讓三妹自己想買什麼就買什麼。」

紀佩芙先是聽聞不用買而高興，隨即又被紀佩瑤後面的話語給震住。

大嫂還只是讓她買一盒胭脂水粉給三妹寄過去，怎麼到了四妹這裡，就變成她所有的零花錢都要給三妹存著了？

她倒也不是小氣不願意給，可三年的零花錢都要給三妹……

一看紀佩芙的反應就知道她是想岔了，衛繁星也不提醒，任由紀佩芙自己胡思亂想，亦是有趣。

紀昊渲的家書，是臨近月底收到的。

不過，這封家書並非紀昊渲親筆寫的，而是戰友代筆。

家書中提到，紀昊渲在最近一次突襲戰中受了傷，並不危及性命，目前正在養傷，且已經升了官職。

紀佩瑤寄過去的銀錢票據，紀昊渲收到了。然而紀昊渲沒有要，隨同家書一起寄回來的，是十兩銀子的票據。

據家書中解釋，升了官職的紀昊渲每個月軍餉提升到一兩銀子。紀昊渲預支了一年的軍餉，大部分還了之前借的銀錢，多的五兩銀子寄回家裡收著。

「大哥一年的軍餉都花光了，他以後怎麼吃飯？」紀佩芙忍不住擔憂起來。

「大哥真的當官了？真要當官了，好像軍營是管飯的。」紀彥坤的武師父就有從軍營戰傷退回來的，偶爾也會跟他們講一些軍營的事情。

「小六，你知道這事嗎？」紀彥坤的話實在沒什麼可信度，紀佩瑤當即轉頭，去看紀彥宇。

「不知。」紀彥宇讀的是科考的書，提及軍營制度的並不多。

衛繁星也不知道這事。她本來就是外來的，原主完全沒有接觸過的層面，她這裡自然是一無所知。如今在糧站每日上班忙碌，打交道的都是各種帳目，也是跟軍營不掛鉤的。

「我說的是真的！不然，明日讓彥宇跟我一起去武館問武師父好了。」明顯感覺到家人的不信任，紀彥坤不高興地嚷嚷道。

「小七你的武師父都從軍營退回來多少年了。他說的是以前的事，跟現在不一定一樣的。」紀佩芙不是不相信那位武師父，可今非昔比，實在是過去太久了。

「再等等看吧！你們大哥既然把銀錢寄了回來，想來他自己心下是有成算的。你們實在不放心，就跟你們三姊一樣，每個月也給你們大哥寄口糧好了。」衛繁星沈思片刻，想著著急無用，索性打算少安勿躁。

「對！咱們也給大哥寄口糧，這樣大哥就不會餓著了。」紀佩芙連連點頭。

「聽大嫂的。」紀佩瑤也是滿滿的認可。

紀彥坤倒是沒再多說什麼。自從家裡有了一位在糧站當會計的大嫂，他們就再也不擔心缺糧了。

唯獨紀彥宇，暗自思量著以後要多看一些兵書，這樣家裡又需要了解軍營的事情時，他就能幫大家解惑了。

遠在他鄉的紀佩琪和紀昊渲都傳回了消息，鳳陽城紀家人的日子越發有了盼頭。

更讓他們歡喜雀躍的是，衛繁星任職糧站會計三個月後，竟然給家裡帶回來一份活計，而且還是正式工。

第十七章

衛繁星也沒想到，竟然還會有這樣的緣分。

因為在糧站幹滿了三個月，站長對她極其滿意，委派的任務也越發重要。

於是乎，總帳房梅昌振手頭的一些事情就轉交到她這邊來處理。

衛繁星自己是沒什麼怨言，可梅昌振顯然很不高興，轉移工作上語氣和神色都不怎麼好。

她不以為意，也沒跟梅昌振起爭執，只做自己分內的工作。

沒想到，衛繁星發現梅昌振轉給她的一份帳目出了錯。

不管任何時候，涉及到帳目出錯都是很大的紕漏。衛繁星沒有第一時間報備站長，而是找到梅昌振，當面指了出來。

梅昌振一開始還不以為然，看向衛繁星的眼神盡是不信任和煩躁，篤定衛繁星就是故意找碴，成心跟他過不去。

可當他滿心不耐煩地重算了一遍帳目之後，愕然發現，竟是真的出了錯！

足足五遍來回確認，梅昌振灰心喪氣，不得不承認，是他算錯了帳目。

與此同時，梅昌振又覺得很慶幸。

還好在帳目遞交上去之前，被衛繁星發現了紕漏，否則真要將錯誤的帳目遞交上去，勢必會釀出大禍來。

要知道，這可是全鳳陽城所有百姓的口糧，更是要遞交到官府的！

在確定新的正確帳目已經順利由官府歸檔，梅昌振長長鬆了口氣，隨之而來的是對衛繁星的愧疚和感激。

愧疚自己的小肚雞腸，感激衛繁星的大人大量，甚是複雜的情緒糾結了好幾日後，梅昌振主動找上衛繁星，這才有了令紀家人大為歡喜的新工作！

新工作當然是比不上衛繁星這個會計的，甚至連原主之前的酒坊女帳房工作也不如。

梅昌振介紹的是一份在油坊的工作，沒有任何的技術含量，就是再尋常不過的盛油小工。

每日機械式一遍又一遍往油罐裡盛油，枯燥乏味，月錢也不高，只有兩百文，而且是數十年如一日的雷打不動。

這份工作原先是一位大娘在做，都有二、三十年了。如今大娘家的小兒子年滿十六歲要找活計，大娘便打算騰出位置讓給自家兒子。

可大娘的小兒子嫌棄盛油小工的活計月錢少，非要做別的。

大娘這些年多多少少還是有些人脈的，就花了不少功夫和銀錢從中運作，總算順順利利幫小兒子定下了新的活計。

只是，這其中還有銀錢的缺口實在補不上，大娘被逼得無奈，就託熟人想要賣掉這份活計，要價五兩銀子。

每個月兩百文銀錢，按著一兩銀子等於一千文銀錢換算，一年是二兩多銀子。五兩銀子，也就是兩年多的收入，放在很多普通家庭，都是不小的負擔。

但是不得不承認，這是一個少有的機遇，一旦錯過，下次還不一定能碰上。

衛繁星如今不缺銀錢，五兩銀子確實不少，但她拿得出來。

幾乎是梅昌振話音一落地，衛繁星滿口就應了下來。

並且為了以防萬一，衛繁星當場就拿出了五兩銀子，煩請梅昌振幫忙轉交給那位大娘。

她倒是不擔心梅昌振會從中貪墨。

梅昌振再怎麼說也是糧站總帳房，這麼多年下來，手裡不知道過了多少筆大數目的銀錢，區區五兩銀子而已，梅昌振肯定是看不上的。

事實證明，梅昌振不但沒有貪墨走這五兩銀子，反而當日就幫衛繁星搞定了這份活計。

換而言之，如今活計已經到了衛繁星的手中，就看明日去報到的是誰了。

「首先必須聲明，這份活計我是打算留給妳們三姊的。也就是說，現下妳們只是代班，等到妳們三妹三年後回來，活計得給她。」
初時拿到這份工作的第一時間，衛繁星就想到了紀佩琪。
對此，紀佩瑤和紀佩芙沒有絲毫異議，一個勁兒地直點頭。
她們姊妹半個月前已經滿十六歲了，正是找活計的年紀。
「再者，佩瑤去油坊，這份活計每個月兩百文銀錢，佩瑤交一半出來給佩芙單獨記帳，三年後一併交給妳們三妹。餘下的一百文銀錢，佩瑤自己收著當私房錢，也算是妳以後的嫁妝錢。」
衛繁星沒打算一味的付出。這份工作是她找來的，之後不管是紀佩琪還是紀佩瑤，她都可以丟開不管了。
「我不要。」紀佩瑤下意識拒絕。「月錢都給三妹就好，我只是先幫三妹做著。」
「沒有光幹活不拿錢的道理。給妳就拿著，誰也不知道三年後是個什麼情況。萬一到時候妳們三妹回來了，接手了油坊的活計，妳這邊卻遲遲沒有著落呢？」衛繁星的回答很清醒，也特別冷靜。
「那也沒關係，只要三妹有活計就行了。」紀佩瑤想也沒想就說道。
紀佩瑤如今是這樣想，可三年後就說不定了。這樣的話，衛繁星沒有說出口。畢竟三年能改變很多事，也能改變很多人。

「油坊的活計就這樣定了。」一旁的都不多說，衛繁星的表現委實一言堂。

「那我馬上去給三姊寫家書，告訴她這件大喜事！」紀佩芙第一個應聲，扭頭就跑。

對於紀佩瑤去油坊，而不是自己，紀佩芙沒有什麼想法。

本來嘛，這份活計說好了是留給三姊的，她或者四姊去代班，沒有任何區別。

再者，比起油坊小工，紀佩芙還是更想做女帳房。

尤其是在見識過衛繁星的風光之後，紀佩芙對當會計也有了奢望，按捺不住地蠢蠢欲動。

是以家裡這幾個月的帳目，她小心再小心，每日都要來回算上好幾遍，確保在月底交給衛繁星查看的時候，不出一丁點錯漏。

截至目前為止，紀佩芙做得很開心，也很認真，越來越熟練了。

等紀佩琪收到這封家書，整個人都僵住了。

她是萬萬沒有想到，繼新大嫂在河裡村帶給她的便利之後，她如今在鳳陽城竟然已經有了活計！

哪怕只是盛油小工，紀佩琪也絲毫不嫌棄，反而很期待和高興。

其實比起她三年後回城有沒有活計，活計本身又是什麼，月錢有多少……都比不上家裡人將她放在心上來得感動。

只這一封家書，就足以讓紀佩琪熱淚盈眶了。

不過跟三個月前的那次不同，這次，紀佩琪沒有把家書的內容告知任何人。

新大嫂在糧站當會計無疑是很榮耀的事情，但是給她帶來便利的同時，也帶來了不少困擾。

尤其是最近村裡對她圍追堵截的小夥子越來越多了，近兩日，就連村長家的兒子都開始對她猛獻殷勤，著實讓紀佩琪頭疼不已。

先不說她根本就沒打算在河裡村嫁人，哪怕真要成親，她也不可能挑選如今才對她動心思的這些人。

誰不知道這些人真正看中的是她家那位新大嫂。

哦，也不是，這些人看中的是她家新大嫂的會計身分！

與其嫁給這些居心不良的人，她還不如嫁給自從來到河裡村的那一日開始，始終在默默照顧她的那人。

只是，那人如今根本不願理她，老遠見到她就躲著，彷彿她像瘟疫似地嚇人……

紀昊渲是在一個月後才知道，家裡又多了一份活計。

紀佩瑤在家書中說得很清楚，這份活計是大嫂留給三姊的，她只是暫時代三姊上工。

紀昊渲當然是不會反對，甚至很贊同衛繁星這一安排。

不得不說，衛繁星一次又一次帶給紀昊渲意料之外的驚喜。

紀昊渲當初之所以會答應迎娶衛繁星，跟衛家不要彩禮錢沒有絲毫關係，單純是因為他同情這個姑娘。

明明是女帳房，而且已經做了四年，卻突然要讓出來給娘家小弟，甚至還被丟棄似地趕出娘家……

沒錯，在紀昊渲的眼裡和心裡，衛繁星彼時根本不像是嫁人，完完全全就是被驅逐。

紀昊渲不確定，如果自己不應下這門親事，接下來等著衛繁星的會是怎樣的命運。是比他更好的人選，還是更差的？

應該不會更好了吧！衛家連他都找上了，哪裡還會顧及衛繁星的日後？

想著自己把人娶回來，至少能保證家裡不會有人欺負衛繁星。而他人不在鳳陽城，衛繁星也能得到最大限度的自由。

最終，紀昊渲沒有拒絕這門親事。

離開鳳陽城，他就一直在盤算家裡的生計。

自家幾個小的生活都需要銀錢，衛繁星也不能餓著凍著，偏生他手裡的軍餉已然消耗乾淨，甚至還欠了戰友不少……

紀昊渲已經決定勒緊褲腰帶，熬上兩三年，日子總會慢慢好的。可很快，他就被告知，不需要了。

衛繁星實在太厲害，也太能幹了。先是考中會計，接著又順利幫三妹找到油坊的活計，還是正式工。

這兩樣不管是前者還是後者，通通都很難，常人想都不敢想。

紀昊渲自嘆不如，唯有更努力拚搏和奮鬥，才能跟上家裡前進的步伐。

否則，面對家人們蒸蒸日上，掉隊的就只有他一個人了。

第十八章

自從紀佩瑤去了油坊，她的午飯和晚飯就直接在油坊吃了。

雖然油坊飯菜比不上糧站食堂的豐盛，可不需要花銀錢，紀佩瑤很滿意，也很知足。

油坊這邊也是有家眷福利的，但在看過紀佩瑤帶回家的飯菜之後，紀家其他幾個孩子全都拒絕了。

都是花銀錢買，肯定要選糧站啊！而且油坊那邊的飯菜居然比糧站貴，那就更沒得商量了。

「其實油坊的飯菜也挺好的，雖然都是青菜豆腐，但油水很足，味道也還好。我看好多家眷都來食堂吃的。」紀佩瑤很良心地幫油坊正名。

「如果沒有糧站食堂在先，油坊的飯菜我確實會吃。但吃過糧站這邊的飯菜，我是真的不想委屈自己肚子。」

紀佩芙也承認，油坊食堂給油很大氣。可光是給油，菜色不好，也沒有任何的優勢啊！

像她就只是看看，完全不想動手，也不是很願意吃。

「四姊，我可以跟妳換青菜吃。」紀彥坤說著，就把自己碗裡的青菜挾了出來。

糧站食堂的肉菜肯定是最好吃的，但青菜確實沒有油坊的油水足。兩邊的差別過於明顯，一眼就能看出來。

「妳就光換青菜，不換肉菜的？」沒好氣地白了紀彥坤一眼，紀佩芙將自己的肉菜挾給紀佩瑤。「我不跟妳換，妳直接吃就行。」

吃了糧站食堂這麼久的飯菜，紀家幾個孩子如今都不嘴饞。像紀彥坤每日要練武，消耗太大，也只是惦記油水更多的青菜，而非其他人碗裡的肉菜。

「小七練武很辛苦，要多吃油水，吃飽了才更有力氣，也長得更高。」紀佩瑤沒有接紀佩芙挾過來的肉菜，卻是把自己的青菜換給了紀彥坤。

「長得高？」紀佩芙瞅了瞅身邊坐著的紀彥宇，誠實地搖了搖頭。「沒看出來。」

「彥宇跟我是雙生子，當然跟我一樣高了。五姊要拿我跟外面的孩子比，我們一眾師兄弟中，跟我年紀差不多的，都沒有我高。」提起自己的身高，紀彥坤很是得意。

「你是去練武的，跟人家比身高有什麼用？你武功比人家好，才值得誇讚。」看紀彥坤一臉得意，紀佩芙潑冷水道。

「誰說我武功不好了？我正要跟你們說，我被選上知府衙門的巡邏小隊了！」紀彥坤挺起胸膛，別提多神氣了。

「什麼巡邏小隊？哪裡來的巡邏小隊？」紀佩芙完全沒聽說過還有這麼一個小隊。

「就是跟在每日巡邏的捕快身後，幫忙巡邏啊！」紀彥坤顧不上吃，仔細解釋道：「我們武館上個月來了一位新的武師父，是知府衙門的總捕快！」

「總捕快，五姊知道的吧！就賊厲害、賊厲害的捕快，是咱們整個鳳陽城最厲害的人！」紀彥坤說著說著就激動地站了起來，拍著胸脯高聲喊道：「我就是被他給挑中的！」

「知道了，知道了。反正就是人家最厲害，跟你沒什麼關係。」紀佩芙嘴上這樣說著，眼裡卻也跟著露出了喜悅。

「七叔要去街上巡邏了？好厲害！」最為捧場的是三歲的紀璃洛。

「厲害。」紀暮白也跟著點頭。

「你們幾個人被挑中了？」紀彥宇關心的就是另一方面了。

「加我一起，就兩個！另外一個是比我大好幾歲的師兄！」所以，紀彥坤才這般的高興，整個人都要跳起來了。

「這樣聽起來，確實很不錯。」衛繁星是最後開口的，看向紀彥坤的眼神滿是讚許。

「小七好好表現，下個月給你漲零花錢。」

「大嫂，我這次月考是頭名。」紀彥坤還沒來得及回應，紀彥宇忽然就出了聲。

「小六也很棒，也漲零花錢。」家裡的孩子有出息，衛繁星是肯定不會吝嗇獎勵的。

「你們兄弟都是十文銀錢，跟你們四姊、五姊一樣。」

「真的？謝謝大嫂！大嫂，妳最好了！」紀彥坤高興得合不攏嘴。

「謝謝大嫂。」紀彥宇的反應不如紀彥坤外放，但也絲毫不掩飾高興。換了以前，紀彥宇是無論如何都不可能主動「爭寵」的，由此就足以可見，他對衛繁星這位大嫂是何其信任。

紀彥宇的改變，紀佩瑤和紀佩芙都看在眼裡，自然極其高興。

衛繁星當然也有所察覺。不過，她什麼也沒說，一切如常就是了。

在她眼裡，紀彥宇什麼都好，唯獨性子過於內斂，就少了些孩子的朝氣。如今這樣就很好，欣欣向榮，蒸蒸日上。

紀彥坤被選上知府衙門的巡邏小隊，跟之前最大的不同就是每日的中飯和晚飯也有食堂包辦了，而且還是知府衙門的食堂，檔次不可謂不高。

這可羨慕壞了紀佩芙和紀璃洛，兩人直嚷著也想去知府衙門的食堂看看。

無奈紀彥坤並非知府衙門的編制內人員，想當然也沒這種家眷福利了。頂多就是讓紀彥坤從知府衙門打包回來給家裡人嚐嚐。

「挺好吃的。」到底是知府衙門的食堂，口味比糧站食堂的還要好。這一點，乃衛繁星親口認證。

「確實好吃。」紀佩瑤也點了點頭。

比起知府衙門和糧站的食堂，他們油坊的食堂根本不值一提。

「這樣就能給家裡省下不少飯錢了。」紀佩芙這話就是從最實際的角度出發。畢竟紀彥坤半大的小子，食量一日比一日大，有知府衙門幫忙解決紀彥坤的一日兩頓飯，著實為他們家省下一筆不小的開支。

「巡邏小隊是長久的嗎？」比起省下的飯錢，衛繁星更關注紀彥坤這份「活計」的本身。

「說是長久的。我也是進了巡邏小隊之後，才聽那些捕快說起，咱們知府衙門缺人了。以往衙門的新人都是從戰場回來的老兵，這兩年，退下來的老兵少了，捕快也就出現了空缺。」

紀彥坤性子好，傻呵呵的脾氣在巡邏隊很吃香，大家也都願意捎帶上他，什麼話都不會瞞著他。

「那你是不是以後就能留在知府衙門當捕快了？」紀佩芙猛地出聲，驚喜道。

「啊？不會吧！我才十歲，能當捕快得等到六年後。」紀彥坤沒想那麼多，就覺得不大可能。

「倒也是。六年後，說不定知府衙門就不缺捕快了。」紀佩芙冷靜下來，有些失望地點點頭。

「但至少，小七這個巡邏小隊是長久之計。」六年後的事情，確實誰也說不準，但紀彥坤如今的起點已經比尋常人要更高，衛繁星很是看好。

而且一直留在巡邏小隊，紀彥坤接觸和認識的人也會大大不同，這些看不見的機緣，都是外人求都求不來的。

更不必說紀彥坤如今只是義務幫忙，不算銀錢，想來都會被看在眼裡。

「沒錯。以後的事情，以後再說。反正小七好好在巡邏小隊幹著，說不定以後就有機會留在知府衙門了。就算沒能留下，單說你在巡邏小隊的經歷，日後也更容易找活計的。」紀佩瑤實事求是說道。

「嗯，我會好好幹的。」活不活計的，紀彥坤是真沒考慮。不過他自己真真切切喜歡巡邏小隊這份差事，自然會很認真，也很上心。

紀彥坤說會好好幹，就真的好好幹了。

這一幹，就是小半年。

隨後，在一個十分尋常的午後，紀彥坤毫無準備地幹了一件大事。

巡邏小隊並非一天到晚都要在大街上走動，像紀彥坤每日在武館還有功夫要練，所以每日只有上午兩個小時、下午兩個小時巡邏。

嚴格來講，紀彥坤就是幫忙真正的捕快臨時換個班、歇口氣。

這天，紀彥坤照例巡完邏，臨近午飯時分交班之際，想著正好人在糧站附近，餓著肚子，就不想再往知府衙門去了。

想也沒想，紀彥坤就跟其他捕快揮手告別，朝著糧站走去，打算中午在糧站食堂混口吃的。

正常去糧站的肯定都是走近路，正面走大門，身在偏僻角落的紀彥坤則是兜了一個大圈，從後面繞著往前門走。

哪想到才繞了一半路程，紀彥坤的視線裡就出現了一個鬼鬼祟祟的，從糧站裡面翻牆出來的身影。

鑑於在巡邏小隊數月的眼力和經驗，紀彥坤直覺此人大有蹊蹺，大聲喝道：「站住！」

而被紀彥坤這麼一喝，那人拔腿就跑，速度賊快。

紀彥坤當然是迅速追上。

還沒去武館之前，他就是個能跑的，正式練武之後，紀彥坤的速度與以前不可同日而語。

沒一會兒，紀彥坤就將那人撲倒在地，死死摁住了。

這邊的動靜很快驚動了糧站門衛，因認識紀彥坤，又知道紀彥坤如今在巡邏小隊，門衛二話不說，趕緊上報。

等糧站那邊來人又仔細一調查，果不其然發現那人是個小偷，身上正藏著從糧站偷走的兩千斤糧票。

再順藤摸瓜深入詢問之後，糧站一共找到三個作案同謀，尋回了總共三萬斤的口糧。

第十九章

如今的乾元朝，律法制度嚴明，已經很少出現小偷了，紀彥坤這一抓，四個小偷、足足三萬斤的糧食，引起軒然大波，直接記了大功。

而糧站這邊，十分大氣地拿出了十兩銀子並兩百斤口糧，酬謝紀彥坤這位小英雄。

按著站長的原話來說，就是這種事情有一就有二，都已經被偷走近三萬斤的口糧，前前後後不知道多少次了，若是這次依舊沒有被發現，日後還不定會偷走多少糧票，勢必釀成不可挽回的巨大損失！

尤其馬上就到年關了，真要鬧出什麼么蛾子，他們整個糧站都甭想過個安生年，實在煩心。

加之紀彥坤是糧站家眷，半個自己人，糧站當然不能小氣，更不能虧待了自家人才是。

所以，紀彥坤的腰包瞬間就鼓了起來。

知府衙門這邊的獎賞就簡單多了，直接記名上報朝廷，毫不客氣給紀彥坤「轉正」了，只待紀彥坤年滿十六歲，就是堂堂正正的官府編制，正兒八經吃公家飯的人了。

「想想幾個月前，咱們還在為小七以後能不能留在知府衙門發愁，真是絕了。」誰也沒想到，紀彥坤竟然能有如此機遇，紀佩芙連連驚嘆。

「也是咱們小七夠機敏，身手也好。」紀佩瑤滿臉驕傲地誇道。

「七叔厲害！」紀璃洛雙手高舉，歡呼道。

紀暮白也朝著紀彥坤露出了崇拜的目光。

紀彥坤直接被看得飄飄然，挺起胸膛好一陣得意，滔滔不絕地講述著當時的危急。

眾人也不打斷紀彥坤的發揮，任由他高高興興地說完，紀佩瑤方開口向衛繁星問道：

「大嫂，像小七這件事，咱們要不要小辦一下？」

「可以。」衛繁星不假思索點點頭。「至於要邀請誰，你們自己決定，我這邊不干涉。」

「小辦是沒問題，但是還要邀請誰的嗎？不能就咱們自家人聚在一起吃一頓好的？」紀佩芙登時就不滿意了。「咱家那些親戚，乾脆就不要走動了多好。」

「五妹！」紀佩瑤不贊同地呵斥出聲。「怎麼可以這樣說話？」

「是他們先做得太絕了，我為什麼不能說？早先家裡接連遭遇變故，咱們被逼無奈地求到他們面前，他們都是什麼態度？要不是大哥及時從邊關趕回來，咱們家還不一定是什麼淒慘的局面！」提起當時求助無門的絕望和難過，紀佩芙就憤憤不平。

衛繁星就抬眼望了過來。「還有這回事？」

「可不就是有這麼一回事！大嫂我跟妳說，真不是我不講親情，非要跟那些親戚斷了往來，實在是他們太欺負人了。明知道咱們家裡遇到了難處，卻偏偏冷眼旁觀，沒有一個肯伸手幫忙的。但凡他們是沒有能力幫忙，我也就認了，怪不到任何人的頭上。可咱們有好幾家親戚明明就不缺銀錢的，關鍵時刻竟是連一文銀錢也不肯借給咱們家，我真是快要氣瘋了！」

紀佩芙真不是那種非要別人幫忙的理所當然態度。

實在是當時他們家的處境太過糟糕，哪怕只是兩、三百文銀錢借給他們，紀佩芙也肯定感恩戴德，記住一輩子。

可一個也沒有。

他們姊弟就這樣求了一家又一家，最終仍是連一文銀錢都沒有借到。

紀佩芙至今都忘不了，那些親戚當時高高在上的刻薄嘴臉，甚至還有公然奚落他們家還不起，怎麼好意思有臉找上門的……

衛繁星之前是真不知道這事，如今既然知道了，當然也不會只當什麼事情都沒發生過。

「既然如此，那就不請那些親戚了。」一句話否決了之前的打算，衛繁星索性直接看向紀彥坤。「小七，你自己的喜事，有什麼人需要請來家裡做客的嗎？咱們這次就只請你想請的人，沒有其他外人。」

「那我可以請我武館的師兄弟，還有一起當差的捕快們嗎？」紀彥坤也不想請那些親戚，他如今更想請的另有其人。

「可以。」衛繁星點點頭，頓了一下又提醒道：「不過，你是不是也要把你在武館的武師父算上？」

武館不比學堂，學子沒有那麼多，武師父就只有三位，完全可以一併都請到家裡來做客的。

「要要要！我還想請我們巡邏小隊的老大！」紀彥坤是個粗神經，完全沒有階級差別的顧慮，應答得很是響亮。

「巡邏小隊的老大？誰啊？」紀佩芙下意識地問道。

「就是咱們知府衙門的總捕快，賀鳴洲啊！」紀彥坤的嗓門就更大了。

「如果我沒記錯，這位總捕快，也是你在武館的武師父之一吧？大嫂都已經算上他了，還需要你特意再點出來？」沒好氣地白了紀彥坤一眼，紀佩芙只覺得紀彥坤的腦子很有點不好使。

「我這不是要彰顯我對老大的敬佩和感激嘛！要不是老大把我從武館挑出來，我哪裡進得了巡邏小隊？又哪裡能立大功？」紀彥坤嘿嘿笑道。

「聽你一口一個『老大』，喊得如此親近，不知道的，還以為你真跟人家總捕快有多好的交情似的。」紀佩芙忍不住吐槽道。

「我是老大一手提拔出來的，可不就是老大的人了？」紀彥坤是真沒把他自己當外人，一副理所應當的語氣。

「小七這話也沒說錯。在武館，人家是武師父，小七是學子；在知府衙門，人家是總捕快，小七是小當差的。不管怎麼論，小七都是那位總捕快的手下。」見紀佩芙還要懟下去，紀佩瑤適時站出來打斷道。

被紀佩瑤這麼一說，紀佩芙倒是沒再多言了。

她其實就是擔心紀彥坤小小年紀就得意忘形，一不小心反而得罪了惹不起的大人物。見家裡人都討論得如此激烈，紀彥宇忍了又忍，到底還是開了口。「彥坤此次不宜如此大的陣仗，太過招搖了。」

被紀彥宇如此一提醒，衛繁星率先反應過來。

她都差點忘了，乾元朝再是開明，到底不是現代，引人注目的事情最好不要太多，凡事也不能過於招搖。

紀佩瑤和紀佩芙也跟著冷靜了下來，一時間，就不知道該說什麼是好了。

尤其是紀佩芙，剛剛還在擔心紀彥坤得意忘形，此刻卻頓覺，實則得意忘形的人好像是她才對……

「那就是不能請客了？」紀彥坤是最後回過神的，傻傻問道。

「可以請。」紀彥宇點點頭，補充道：「但不能人人都請。」

「那還不如不請呢！否則請了這個、不請那個，大家吃得不盡興，還得罪人。」紀彥坤癟癟嘴，頓時有些洩氣。

他哪裡是什麼都不懂，只不過是平時不上心這些禮節罷了。

「也不是非要請到家裡來吃飯吧？」看紀彥坤如此失望，衛繁星幫著出起了主意。「讓你四姊給你揉幾個飯糰，你帶去武館和衙門，人手一個飯糰，想請誰吃就請誰吃，一個也不會漏掉。」

「飯糰？什麼飯糰？」涉及到吃，還是米飯，紀彥坤絲毫不會覺得寒酸，抑或者拿不出手，反而興致勃勃。

紀佩瑤也沒聽說過飯糰，當即好奇地看向衛繁星。

「就是米飯煮熟了揉成圓的，大小隨意，你們自己看著辦。講究些的，可以在飯糰外面滾點青菜蘿蔔，再不然就是肉丁之類的。反正味道不錯，你們可以自己先嚐嚐看。」非常簡單的吃食，哪怕是衛繁星這個手殘黨也做得出來。

只不過衛繁星人懶，根本不會動手。

「聽上去好像確實不難，晚點我試試。正好家裡有青菜也有肉。」紀佩瑤是會做飯的，登時就弄懂了步驟。

「蘿蔔也要加，用我的銀子買！」光是聽著，紀彥坤覺得這個飯糰花不了多少銀錢，就想著把能加的都加上。

完了又嫌不夠，紀彥坤跟著說道：「大米也用糧站獎給我的！」

「這倒是可行。」紀佩瑤沒有拒絕，笑著點頭。不管飯糰簡不簡單，用的是糧站獎給紀彥坤的大米，意義自然不同。

「我還想給大哥還有三姊都寄口糧！」鳳陽城這邊請了客，紀彥坤當然不會忘了不在家的紀昊渲和紀佩琪。

說到這裡，紀彥坤又轉過頭，詢問衛繁星。「大嫂，可以嗎？」

「你自己的大米，你想怎麼安排都行，家裡不會攔著。」衛繁星的態度極其鮮明，堅決不干涉。

「謝謝大嫂！」如今在紀彥坤的眼裡和心裡，衛繁星就是當家人，哪怕大米是糧站獎給他的，衛繁星不答應，他也不會對著幹的。

對了，還有十兩銀子。紀彥坤已經放在自己的口袋裡捂熱，絲毫沒有半點不捨，全部拿了出來上交給衛繁星。

衛繁星卻是只拿了一半，說道：「剩下的五兩銀子，你自己收著。」

「啊？都給我啊！」紀彥坤眨眨眼，不敢置信地問道。

五兩銀子這麼多？大嫂好大氣！他長這麼大，還沒拿過這麼多的零花錢！

第二十章

「嗯，以後家裡都是這個規矩，你們賺回來的銀錢，上交一半，餘下一半自己收著。以後嫁人可以當嫁妝，娶媳婦也可以當彩禮錢。或者你們自己想怎麼花都行，不需要問過我。」

衛繁星對紀家孩子們的要求並不高，也不嚴苛。

不過，她也不想讓這幾個孩子養成凡事都理所當然靠她，或者問過她的思想。該給的自由，她會給；該放手的權力，她也不會緊抓著不放。

「我只拿一兩銀子就夠了。」雖然衛繁星這樣說了，紀彥坤還是下意識想要繼續塞給衛繁星。

「那你讓你五姊幫你收著，家裡的帳本都是她在管。」衛繁星一邊說，一邊將剛從紀彥坤那裡拿的五兩銀子轉手給了紀佩芙。「記在公帳上。」

「哦，好。」如今的紀佩芙，記帳已經很嫻熟，完全不帶怵的。

與此同時，她還不忘朝著紀彥坤伸手。「小七，你的四兩銀子也拿過來。」

「我自己收著！」

給衛繁星這位大嫂，紀彥坤心甘情願，但是換了紀佩芙，紀彥坤二話不說，趕緊往自己的懷裡藏。

「嘿！我能昧走你的銀子，還是怎麼的？」被紀彥坤的動作氣笑，紀佩芙質問道。

紀彥坤扮著鬼臉吐了吐舌頭，轉過身，極其豪氣地喊道：「璃洛、暮白，跟七叔走！給你倆買好吃的去！」

紀璃洛和紀暮白歡呼著跟紀彥坤出門去了。

留下紀佩芙狠狠地跺腳。

「我去做飯糰。」不理睬這對姊弟的嬉笑打鬧，紀佩瑤好笑地往廚房走去。

紀彥宇也是面不改色，直接站起身。「我還有文章沒有寫完。」

衛繁星倒是沒有挪地，但她是最不看人臉色，也最不給紀佩芙留顏面的。只一副打量的目光上下掃視著紀佩芙氣呼呼的模樣，純粹當是在看戲般地悠閒。

紀佩芙哪裡看不出來衛繁星的眼神，紅著臉，輕哼一聲，抓著手中的五兩銀子立馬回屋。

她也不是閒人一個好不好，她還有家裡的帳本要記，忙著呢！

紀佩瑤的動手能力是真的不錯。按著衛繁星說的，她很快就做出了飯糰，造型好看，味道還不錯。

經過紀家人的一致好評，紀彥坤次日就提著兩籃子滿滿的飯糰，分別去了武館和衙門。

一如紀彥宇提醒的那般，因紀彥坤此次得到的獎勵很是豐厚，不少雙眼睛都在盯著紀家的動靜。

紀家真要是請客吃飯，肯定會引起不小騷動，並且後患無窮。畢竟不管任何時候，都少不了紅眼睛又小肚雞腸的小人。

可他們萬萬沒有想到的是，紀家人就拿兩籃子吃食把武館和衙門給打發了！只是飯糰？這紀家人未免也太吝嗇了些，竟然真就拿得出手？

虧紀彥坤還一副得意的嘴臉，也不覺得丟人現眼的，真是有夠寒酸。

不管外人如何看待紀家人的舉動，吃到紀彥坤送來的飯糰的武館眾人和衙門眾人，都連連點頭，臉上盡是讚許。

「老大，給你的！」

今日，賀鳴洲人在衙門，紀彥坤屁顛屁顛地湊近，遞上兩個大大的飯糰。

賀鳴洲沒有拒絕，接過來餵到嘴裡，默默開吃。

「我說紀小七，就鳴洲有，我沒有？」黃主簿正好站在賀鳴洲的不遠處，登時就摸著鬍子走了過來。

「有、有、有！我四姊做了好多的！」

因為不能請去家裡做客，紀佩瑤擔心失禮，飯糰做得又大又多，足夠紀彥坤多分給其他人。

黃主簿也沒客氣，當場就吃了一整個，接著又自行拿了第二個，這會兒才開口評價。

「確實不錯。我記得你家有三個姊姊，一個姊姊下鄉去當了青娘子，剩下兩個是雙生花，才十六歲？」

「對，這些飯糰就是我四姊做的。我四姊人可厲害了，做飯也很好吃。本來這次家裡是想要請大家去做客的，可彥宇說，不好太過招搖，這才臨時換成飯糰招待大家。」紀彥坤是個藏不住話的，跟誰都能聊上幾句。

「你四姊如今在油坊的吧？五姊呢？還沒找到活計？」

紀彥坤家裡的情況，在衙門並非秘密。身為官府中人，黃主簿還是很清楚的。

「對，還沒找到。這不是咱們鳳陽城的活計太難找了嘛！我五姊好不容易考中了女帳房，也還是沒有活計。不像我大嫂，直接就考中了會計，糧站的活計還是咱們大人安排的呢！」提到衛繁星，紀彥坤別提多自豪了。

「差點忘了，咱們鳳陽城唯一的會計是你大嫂。」

黃主簿嘴上這樣說著，面上可沒這般意思。

毫無疑問，他忘了什麼，都不可能忘了衛繁星此人。

這也是黃主簿此刻會主動跟紀彥坤搭話的真正原因所在。

只不過有些事情，哪怕所有人都心知肚明，大家也習慣了拐著彎地來。比如這會兒的黃主簿——

「那你五姊想要找什麼樣的活計？是必須女帳房才行？」

「沒有、沒有，她是想當女帳房，可哪有那麼多的女帳房給她當？我大嫂說了，讓她不要眼高手低，不管是什麼活計，只要能去幹，就不能錯過。」

衛繁星這番話當然不是特指紀佩芙，而是一視同仁說給紀家所有人聽的。沒承想，就被此時此刻的紀彥坤給生搬硬套了。

「你大嫂說得對。」黃主簿卻沒覺得此話有哪裡不妥，反而很是欣賞衛繁星的為人處事。

成大事者，不拘小節；眼高手低者，不堪重用。

確定了衛繁星是這個態度，黃主簿便也沒再遮遮掩掩，直接切入正題。

「是這樣的，咱們衙門後廚的採辦被調走了，現下有一個空缺。你回去問問你五姊，願不願意過來頂上。」

眼看紀彥坤露出欣喜若狂的笑容，黃主簿及時打住。

「先別高興得太早，只是臨時空缺，暫時頂上；等到日後有新的調動，還是會變的。而且因為不是正式編制，月錢也不會太多，只有一百五十文。如若你五姊不願意，便也算了，只當我沒提過。」

乾元朝的官府編制，哪怕是後廚再簡單的小職位，也是很難謀到的。跟銀錢無關，更多的是身分、地位以及人脈。

像紀家這般情況，若不是出了衛繁星這麼一個會計，黃主簿是根本不會想到紀佩芙的，哪怕如今後廚空缺的只是一個小小的臨時工。

「願意、願意，當然願意了！」

這可是知府衙門的後廚，紀彥坤二話不說就先幫紀佩芙應了下來。

至於臨時工什麼的，根本不重要。月錢少也沒關係，他們家如今的日子過得很是滋潤，不需要靠紀佩芙的月錢維繫生計。

別看紀彥坤平日大剌剌的，正經事上，可一點也不含糊，更不會拿喬拖沓。反正一句話，這份活計必須要！

事實證明，黃主簿確實很滿意紀彥坤的反應和表現。

再之後，黃主簿的語氣就多了幾分深意。「雖說是臨時頂上，保不齊日後就成真了呢？你五姊畢竟是女帳房，區區採辦還是耽誤了她。」

「不耽誤、不耽誤，一丁點也不耽誤。我五姊如今在家裡天天記帳本，管的就是我們一家大小的吃吃喝喝，採辦這事她每天都幹，拿手得很。咱們鳳陽城哪裡的菜啊肉啊最是便宜，我五姊都門兒清！」

紀彥坤並非說謊，而是實情。

自從紀佩瑤去了油坊，家裡的大小事務全部交給紀佩芙經手。除了管帳，如今紀佩芙還負責每日出門採辦。

乃至紀佩芙現下最在意的事情，就是貨比三家，誓要買到最便宜的價錢。

「那敢情好。」

黃主簿沒想到還有這般意外之喜。

本來還只想著是個不經事的小姑娘，怕是需要耐心多教上幾日才能上手。

可目前看來，紀佩芙連記帳都會，已然是最合適不過的人選了。畢竟是衛繁星這個會計帶出來的人，確實能當大任。

此般想著，黃主簿登時越發滿意了。

「成，我就等著你五姊明日來衙門後廚報到了。」

「好！」紀彥坤頗為響亮地應答了這麼一聲，整個人都顯得傻乎乎的。

黃主簿笑著搖搖頭，揚長而去。

目送黃主簿走遠，紀彥坤狠狠握拳，控制不住的興奮。

「老大！我們家這是又要有喜事啦！」

賀鳴洲已經在吃第四個飯糰了，乍一聽到紀彥坤嚷嚷，他下意識抬起頭。「你五姊的廚藝呢？」

「啊，這個啊，我五姊做的飯菜也就還行……」滿滿的興奮褪下，紀彥坤尷尬地撓了撓腦袋。

賀鳴洲就不感興趣了，再度低下頭，繼續吃飯糰。

看賀鳴洲是真的喜歡吃他今天帶來的飯糰，紀彥坤鬼鬼祟祟地湊近，小小聲的問道：「老大，要不要叫我四姊每天早上都做幾個飯糰給你帶來衙門？」

儘管賀鳴洲在武館也有任職，但只是下午的兩個小時，一天大部分的時間，賀鳴洲都是在知府衙門的。

尤其是早上，他要來衙門查崗，日日都不缺席。

賀鳴洲明顯地遲疑了一下，最終還是搖了搖頭。「不用。」

「用的、用的，反正我四姊每天早上都要起來做早飯。老大你只管點菜，別客氣呀！」

紀彥坤是真心敬仰賀鳴洲，無時無刻不在釋放熱情。

他可是知道，賀鳴洲家不在鳳陽城，如今就隻身一人住在知府衙門的後院，根本沒人給他做早飯的。

此般想著，紀彥坤絲毫不給賀鳴洲拒絕的機會，轉身就往外跑。

「老大，就這樣說定。我要下值了，先回家了！」

第二十一章

「所以，你就這樣給咱四姊攬了活？」紀佩芙撇撇嘴，說道。

紀彥坤本是滔滔不絕的講述戛然而止，慢了半拍地反應過來——他好像做得不大對。

「沒關係的。只是順手做個早飯而已，又不麻煩。」紀佩瑤是真沒覺得這有什麼難的。恰恰相反，此時此刻的她別提多高興了。「小七，你剛剛說的是真的？你五姊明天真的能去衙門後廚報到了？」

「對，黃主簿親口跟我說的。」紀彥坤連連點頭，試圖補救。「四姊，要不我去跟老大說，早飯的事還是算了？」

「怎麼可以算了？你都已經主動提出來了，咱們當然要履行承諾。再者，以後你五姊也要去衙門做事，你們姊弟兩人還得靠人家總捕快多多照拂呢！」

自從在油坊上班，紀佩瑤的改變是肉眼可見的。

哪怕她的工作不需要太多的溝通和交際，她認識的人也越來越多，知曉的見識也越發地廣。

比如以前，她根本就考慮不到朝中有人好辦事，但是如今的她，率先想的就是，賀鳴洲這棵大樹他們可得抓緊機會抱牢了，別人家求都求不來的！

「什麼？小七說的是真的？」紀佩芙方才之所以一直沒有反應，單純是覺得紀彥坤在跟她說笑，根本就沒往心裡去。

真正意識到紀彥坤說的竟然是實情，紀佩芙整個人都慌了。「那、那我都要做些什麼準備？需要帶什麼東西過去嗎？」

「不要的吧？我沒聽黃主簿說。」

紀彥坤一問三不知，不確定地搖了搖頭。

「就知道小七你指望不上。」紀佩芙急得不行，扭頭去問一直沒開口的衛繁星。「大嫂，妳說，這事真行嗎？」

「為什麼不行？既然小七這樣說了，妳明日去看看就知道了。至於說帶什麼東西，倒是不必。妳考中了女帳房，就是妳的資歷和底氣。區區採辦而已，還是臨時工，妳都拿不下來？」衛繁星故意激紀佩芙道。

「我當然拿得下來，可那是知府衙門的後廚，又不是尋常後廚。萬一有什麼忌諱我卻不知道，這不是兩眼抹黑嘛?!」紀佩芙很想裝得有信心，但事實上，她還是有些虛的。

「不怕，讓小七帶妳去。小七在知府衙門是掛了號的，日後還是正兒八經的捕快，實打實的自己人。知府衙門的後廚再厲害，也不會為難自己人的家眷。」衛繁星指了指紀彥坤，語氣很是篤定。

紀佩芙愣了愣，仔細一想，還真是這麼一個理。

然後，紀佩芙很有些不好意思地看向紀彥坤。「那我以後不是要沾小七的福了？」

她到底是姊姊，小七是弟弟，乃至紀佩芙連這般說話，都覺得臉紅。

「哈哈！五姊幹麼突然說話這麼小聲？妳沾我的福，就沾唄！妳是我親姊姊，難道不該沾我的福？」粗神經如紀彥坤，也看出了紀佩芙的不自在。

紀佩芙張張嘴，好半天都沒說出話來。她這不是平日欺負紀彥坤這個弟弟欺負得習慣了……

看紀佩芙實在不好意思，紀佩瑤極為善解人意地站出來圓場。

「小七，那位總捕快有沒有喜歡的口味？我給他做早飯的時候，需不需要注意些什麼？」

紀佩瑤這一問，可算難倒了紀彥坤。他平日真沒關注過賀鳴洲都喜歡吃些什麼，又有什麼忌口的。

「佩瑤只管按照尋常的早飯做，不需要特意講究。否則真正困擾的，會是那位總捕快。」

關鍵時刻，還是衛繁星做出了決定。

自從他們之前準備在家裡宴客，被紀彥宇提醒之後，衛繁星很用心地把乾元朝如今方方面面的制度逐一過濾了一遍。

知道而今大家都不喜歡過度顯擺和招搖，衛繁星接下來的主旨自然也就只有一個了——

低調、低調、再低調。

總歸，悶聲發大財就對了。

「那我就看著辦了。」嘴上這樣說，紀佩瑤心下還是有些犯嘀咕，一時間拿不準主意。看紀佩瑤是真的發愁，紀彥坤就越發心虛了，剛想再說些什麼，就被衛繁星打斷。

「妳今天做的飯糰，那位總捕快不是挺喜歡的？接下來試試麵餅啊、餃子啊之類的。麵餅可以攤開加一顆雞蛋，再放點蔥花。餃子也不是非要水煮了吃，蒸熟了，另外配點香油和醋蘸著吃；再不然，也可以過油煎了吃。實在不成，不是還有包子、饅頭、花捲什麼的？反正變著花樣來，以妳的廚藝，根本不在話下。」衛繁星這就是非常仔細地指點了。

只要紀佩瑤記在心上，來來回回一個星期都可以不重樣的。

而且他們家如今也不缺油了，只要紀佩瑤捨得放油，做出來的肯定都美味。

衛繁星一連說出好幾種新奇的吃法，紀佩瑤連忙記住，絲毫不敢大意。

雖然聽大嫂說得隨意，好似很簡單，可這都是大嫂的心意！有大嫂幫忙出謀劃策，她這才心安。

於是乎，幫賀鳴洲做早飯這件事就提上了日程。

按著衛繁星的提議，紀佩瑤每天都會提早想好次日的早飯，準備得特別用心。不單單賀鳴洲吃得很香，衛繁星以及紀家其他人也都跟著享福了。

「大嫂，妳怎麼都不早點教四姊做這些早飯的？好吃，實在是太好吃了。」

紀彥坤以前也沒覺得自家在吃食上虧了嘴，如今才發現，自己錯過了多少好吃的。

「嗯、嗯，好好吃哦！」紀璃洛也是連連點頭，小嘴吃得滿是油。

紀佩芙已經不想多說什麼了，就只知道吃吃吃、趕緊吃。

連最不看重口腹之欲的紀彥宇，最近幾天的早飯也開始明顯吃多了起來。足以可見，紀佩瑤現下的早飯是何其受歡迎。

「之前是一直沒想到。」

衛繁星是真的忘了。

她確實該早點提醒紀佩瑤的。誰能想到紀佩瑤這廚藝就跟開了掛似的，本來就很好吃，現在竟然更好吃了。

哪怕她在現代已經吃過不少好吃的，依然還是被驚豔住了。

「哪有你們說得這麼好。我就是隨便做做，只希望那位總捕快別看不上才好。」紀佩瑤倒是沒有太過得意。

在她眼裡，自己做的這些都是再尋常不過的早飯。真要誇讚，也該誇讚大嫂教得好。而感激的話語，她已經跟大嫂說過無數次，直接被大嫂叫停，不准她再說了。

「他要是再看不上，就很有點不識抬舉了。」紀佩芙抬起頭，不客氣地說道。

「確實。」衛繁星沒有批評紀佩芙，反而深以為然。

「不會、不會，我們老大可喜歡吃了！他還讓我轉告四姊，特意感謝四姊妳呢！」話說到這裡，紀彥坤暫時沒顧上吃，飛快從荷包裡摸出了一兩銀子遞給紀佩瑤。「四姊，我們老大給妳的。」

「哎，不是，咱們不准許私下裡買賣的。」

紀佩瑤登時慌了，猶如看到燙手山芋，接連往後退了好幾步。

「這個不是買賣，是我們老大煩請四姊幫忙買早飯食材的開銷。」

這事，紀彥坤已經拒絕過了，可架不住賀鳴洲冷著臉非要給，根本不准許他拒絕。

「那也不行。他哪有吃多少？就是這些食材，也花不了一兩銀子這麼多。更別說，咱們自家人每天早上也要吃的。」紀佩瑤很是堅持地搖搖頭，說什麼都不收。

「可是……」紀佩瑤的態度如此堅決，紀彥坤就犯難了。

「小七，你拿回去，還給那位總捕快。就說你四姊姑娘家，臉皮薄，不願意收。除非，他想惹你四妹哭。」

衛繁星也不贊成收這一兩銀子。

先不說做早飯這事是紀彥坤單方面主動提出來的，只說紀彥坤能被選進巡邏小隊，之後又有了轉正的絕佳機遇，以及紀佩芙能去衙門後廚當採辦……

但凡換個場合，哪兒都是錢，少不了的各種打點和人脈。

要說賀鳴洲是他們紀家的恩人，也不為過的。

「哦。」紀彥坤被衛繁星說得立馬收回了那一兩銀子，回頭就去跟賀鳴洲如實說了。

賀鳴洲想過，紀家人會拒絕收下這一兩銀子。但他沒想到的是，紀佩瑤竟然要哭了。

抿抿嘴，賀鳴洲到底沒再堅持非要給這一兩銀子。

只不過次日清早，紀佩瑤起床準備早飯的時候，突然聽到門響。

走過去打開門一看，門口沒人，只有一袋子大米並一袋子白麵。

忽然意識到什麼，紀佩瑤匆匆追出去一小段距離。

果不其然，就看到了一個身穿捕快官服的高大身影正大步走遠，快得紀佩瑤根本來不及叫住他。

第二十二章

衛繁星起床出來的時候，看到的就是紀佩瑤一副心不在焉的模樣。

「怎麼了？」衛繁星奇怪地問道。大清早的，應該不至於發生什麼事情吧！

「大嫂，那位總捕快給咱家送來了大米和白麵。」

指了指廚房一角的兩個口袋，紀佩瑤發愁地說道。

衛繁星挑了挑眉，隨即淡定地笑了笑。「那就收了吧！」

「真要收？」紀佩瑤驚訝地「啊」了一聲。

衛繁星就點了點頭，肯定道：「收。妳要是不收，只怕人家以後都不敢吃妳做的早飯了。」

嚴格意義上講，算不得什麼了不得的大事。不過很顯然，紀佩瑤過不了心裡那一關。

瞥見紀佩瑤的臉色依然不是很好，衛繁星索性又幫著出起了主意。「不是馬上要過年了？妳到時候多準備一些吃食，讓小七送去給人當年貨。魚啊、肉啊，妳隨便送就是了。」

「這樣會不會不大好？顯得咱們是在悄悄送禮？」紀佩瑤下意識就問道。

「錯。不是送禮，是回禮。」衛繁星意有所指地看了兩眼地上的兩個口袋。

紀佩瑤眨眨眼，又眨眨眼，總算回過味來。

對哦，他們這是回禮，不是送禮，不一樣的！

再然後，紀佩瑤就不再發愁，重新掛上了溫柔的笑容。「大嫂，我去喊璃洛和暮白起床。」

「嗯，讓他們快點，晚了我可不等人。」

因紀佩芙要去衙門後廚報到，家裡就沒人看著紀璃洛和紀暮白了。身為大家長，衛繁星當仁不讓地接過重任，以後上班都帶著這兩個孩子。

當然，這並不是長久之計，不過是年前這麼幾天而已。

紀璃洛和紀暮白上個月才剛過完三歲生辰，已經四歲了。等到年後，衛繁星打算提早送紀璃洛和紀暮白去學堂。

到時候，每天早晚都有紀彥宇帶著，衛繁星省心、省力又省事，繼續瀟灑輕鬆地過她的悠哉日子。

紀佩瑤去喊人的時候，紀璃洛和紀暮白已經醒來了，正在自己穿衣裳。

看到紀佩瑤進來，紀璃洛奶聲奶氣地問道：「四姑姑，我和暮白晚了嗎？」

「不晚。」紀佩瑤走到近前，兩三下幫忙兩個孩子穿戴整齊，叮囑道：「你們去了糧站要聽話，不可以打擾大伯母的，知道嗎？」

如果可以，紀佩瑤是想要自己帶著兩個孩子去油坊的，可她在油坊就是個尋常小工，不方便，也沒這個能耐帶著兩個孩子整日跟在身邊。

不得已之下，就只能暫時麻煩大嫂了。

「知道的。」紀璃洛點點頭，懂事地回道：「我和暮白都會乖乖的。」

「璃洛乖。」紀佩瑤欣慰地笑了笑，又摸了摸紀暮白的腦袋。「暮白也乖。」

衛繁星正吃著早飯，就見紀佩瑤帶著兩個孩子出來了，招招手。「還真起來了啊！」

紀家幾個孩子都不是會偷懶的。不過，大冬天裡被窩多暖和？能有懶覺睡，衛繁星是堅決不會這麼早起來的。

不像紀璃洛和紀暮白，說起床就起床，還真讓衛繁星佩服。

「大伯母早！我和暮白來吃早飯，待會兒跟大伯母一起去糧站。」比起紀暮白，紀璃洛向來是個小甜豆，說話特別好聽。

「你們也早。」被紀璃洛這般甜甜地喊著，衛繁星的語氣不由自主就跟著溫柔了起來。

「成，先過來吃早飯。現在時間還早，來得及，你們慢慢吃。」

「好。」紀璃洛就應了聲，小跑步過來桌前吃飯。

紀暮白也沒耽擱，緊隨其後地跟過來開吃。

衛繁星已經吃得差不多，也不催促，慢悠悠地等著兩個孩子吃完，這才帶著他們起身出門。

紀彥宇早已經等在旁邊了，二話不說跟著一起。

早已經習慣了紀彥宇每日清早都送她去糧站，如今多了兩個小的，衛繁星越發不會拒絕紀彥宇的舉動，路上時不時地關懷幾句，問的都是紀彥宇在學堂的近況。

不過，紀彥宇一般只會提及他的課業，很少會說起學堂的其他人。

換言之，紀彥宇跟學堂的關係很淡薄。不管是夫子，還是其他同窗，衛繁星從未在紀彥宇的嘴裡聽到過隻言片語，跟整日嘴裡念叨著這個師兄、那個捕快，更有賀鳴洲這個老大的紀彥坤，無疑是兩個極端。

想也知道，紀彥宇跟學堂那些人並沒有多深的交集。

若是別的家長，對此肯定會有所反應，不管是提點或者是建議，怎麼也要說教紀彥宇幾句的。

但衛繁星不會這樣做。

在她看來，完全沒有這個必要。紀彥宇自己不喜歡交際，是紀彥宇自己的自由，誰也左右不了，更不應該強行干涉。

別說紀彥宇並不是自閉怕人的性子，哪怕紀彥宇真的是自閉的孩子，衛繁星也會全力支持和贊同紀彥宇自己想要過的人生。

每個人的人生都是不一樣的。有人善於交際，有人不擅長，這又不是什麼大的過錯，根本不需要太過計較。重要的是，紀彥宇自己喜歡。

一路將衛繁星三人送到糧站，說定中午他會直接趕來之後，紀彥宇慢慢地轉身離開。

自今日起，固定在糧站食堂吃飯的，就只有他們四個人了。

紀璃洛和紀暮白都還小，紀彥宇自然需要每頓午飯和晚飯都趕來糧站。雖然可能折騰一些，但紀彥宇並不覺得麻煩，反而甘之如飴。

如今，紀璃洛和紀暮白在糧站也不是陌生面孔了。兩個孩子本來就長得極其可愛，甫一走進糧站，就受到不少善意的目光。

也有熟悉的人會熱情打招呼，紀璃洛都會逐一回應，絲毫不露怯。

紀暮白倒是不太主動，但只要被點名，也都會彬彬有禮地點頭示意，禮數周全。

「咦，小璃洛和小暮白今天怎麼這麼早就來糧站了？」

紀家的孩子一般都是吃飯時候才會出現在糧站食堂，乃至李嬌嬌很有些詫異。

「家裡沒人帶他們兩個，我就帶來糧站幾日。等到年後，再送他們去學堂。」衛繁星如實回道。

「怎麼沒人帶了？你們家五妹不是——」李嬌嬌話語問到一半，猛地反應過來，連連驚呼。「該不會你們家五妹也這麼快就找到活計了吧？」

「快嗎？佩芙考中女帳房都大半年了。」

衛繁星可是記得，紀佩芙是跟她同一天考試的。她都來糧站上班這麼久了，紀佩芙今天才總算找到著落，還是個臨時工。

「才大半年嘛！好些人兩、三年都找不到活計的。」李嬌嬌下意識地說完，眼睛再度瞪圓。「所以說，是真的？你們家五妹真找到活計了？怎麼找的？在哪兒？」

不怪李嬌嬌如此震驚，之前紀佩瑤悄無聲息就有了活計，李嬌嬌別提多羨慕了。

更讓她羨慕的是，紀佩瑤的活計居然是總帳房梅昌振介紹給衛繁星的。

要知道她跟梅昌振可是十幾年的老搭檔了，再怎麼說也應該比衛繁星來得交情深吧！偏生梅昌振就略過她，直接找了衛繁星。明明，她家裡也有需要找活計的親戚。

也就之後衛繁星仔細跟她解釋，說明了梅昌振可能是想要還人情，李嬌嬌的心裡這才舒服了些。

否則，哪怕不是衛繁星的過錯，李嬌嬌也會忍不住眼紅的。

「在衙門後廚。是我家小七給張羅的。」

衛繁星此話一出，李嬌嬌想要繼續打聽的心思立馬就散了去。

別的地方都是小事，只要她多多走動，總歸會有個希望。但是衙門那邊，李嬌嬌沒這麼大的本事，也不敢亂動。

「只是臨時工，不是正式的。月錢也不多，才一百五十文。」

自從上次之後，衛繁星就發現，涉及到工作，每個人的神經都特別敏感。所以為了避免不必要的事端，不需要李嬌嬌多問，衛繁星便主動告知。

「啊？一百五十文？」李嬌嬌的語氣明顯地緩和了下來。「怎麼才這麼一點？而且只是臨時工，不是正式的嗎？那是幹什麼的？累不累？總不會是苦力活吧？」

絕對不是李嬌嬌故意見不得紀佩芙好，實在是一百五十文的月錢太低了，超乎李嬌嬌的想像，也跟李嬌嬌所知曉的各個活計的月錢不相符。

「小小採辦罷了。」衛繁星回道。

李嬌嬌瞬間了然。「我就說嘛，怎麼會這麼少的月錢。」

採辦跟帳房還是有區別的。帳房會經手銀錢和帳本，而採辦麼，說不好聽點，就是個跑腿，專門負責去各大街市買東西。

像他們糧站也有採辦，都是往鄉下跑的，負責的是各個村的收糧。頗為辛苦，月錢也不是那麼多。

而李嬌嬌身為糧站副總帳房，地位頗高，想當然不會太過關注下面的活計，也沒記掛在心上，這才一時沒有想起來。

「能有個活計就不錯了。」衛繁星倒是不在意紀佩芙的月錢少，神色坦蕩。

「這倒是。好多人連臨時工都找不到，別說一百五十文的銀錢，一百文、五十文的銀錢都沒有。」

李嬌嬌這般說完，再想到自家還沒著落的親戚，忽然又覺得自己方才的反應太過矯情。

於是，李嬌嬌慌忙找補。「我們家就有幾個姪兒姪女在發愁找活計。真要告訴他們有機會能去衙門後廚，哪怕只是個看門的，一個月給個五十文銀錢，他們都肯定歡喜得不行，爭著搶著非要去。」

第二十三章

衛繁星沒有接話，也不必要去接這個話。

衙門的事，她和李嬌嬌都沒有作主的權力，說了也是白說，浪費口舌罷了。

下一刻，衛繁星轉頭交代紀璃洛和紀暮白。「你們就坐在邊上看書，要是悶了想出去玩，記得跟我說一聲。不過，不能跑得太遠，更不能出糧站，記住了？」

「記住了。」

紀璃洛和紀暮白雖然年紀小，但已經被啟蒙過，看得懂一些字。

所以今天來糧站，紀彥宇特意給他們一人一本手抄的《三字經》，叮囑他們要安安靜靜不惹事。

等糧站總帳房梅昌振走進來的時候，第一眼就看到了正低頭看《三字經》的紀璃洛和紀暮白。

「總帳房，是這樣的……」

衛繁星還沒開口，李嬌嬌就迅速幫忙解釋了前因後果。

「嗯。」梅昌振聽完沒有多說，只點了點頭。

在走過紀璃洛和紀暮白的時候，忽然從口袋裡摸出了幾塊糖果，放在了兩個孩子的面前。

隨後，也不等兩個孩子反應，逕自走開了。

紀璃洛和紀暮白有些懵。

他們來過糧站這麼多次，自然也是認識梅昌振的，但明眼人都能看得出來，梅昌振跟衛繁星的關係不怎麼好。

乃至紀璃洛和紀暮白平日若是碰到梅昌振，都會遠遠避開，從不會主動接觸。

「沒事，吃吧！」衛繁星倒是不怎麼在意，說完還小小聲補充道：「這位就是幫你們四姑姑找活計的伯伯。」

紀璃洛和紀暮白頓時就「哇」的一聲，朝著梅昌振投去了感激的目光。

梅昌振的工位距離衛繁星的並不遠，只是兩個人甚少說話，頗為疏遠。

此刻突然被兩個小孩子盯住，梅昌振先是一愣，隨即有些不自在地咳嗽了兩聲，迅速板著臉假裝看帳本，好半天都沒抬起頭來。

直到一杯裝有八分滿的溫水被一雙小手捧著送到他的面前，梅昌振大感意外地抬眼一看，竟然是紀家的胖丫頭，紀璃洛。

胖丫頭，是梅昌振自己私下裡對紀璃洛的稱呼。

從他第一眼看到紀家這兩個小的，就覺得小姑娘養得有些胖。相較之下，紀暮白這個小子，精瘦精瘦的，格外俊秀。

要不是對紀家人多多少少有些了解，梅昌振都要懷疑，紀家人是不是故意苛刻紀暮白，將家裡好吃的都塞給紀璃洛這個胖丫頭了。

但是不可否認，胖丫頭長得不錯，也討喜，圓乎乎的臉蛋不管任何時候都紅撲撲的，看著就賞心悅目。

此刻被胖丫頭端來一杯水，梅昌振是震驚的。想要拒絕，又怕傷了胖丫頭的心，但是就這樣坦然接受吧，梅昌振又覺得失了面子。

「總帳房，這是我家小姑娘的謝禮，您可千萬別拒絕。」看出梅昌振的糾結，衛繁星主動開口說道：「我家小姑娘心眼小，一惹就哭。」

只不過同樣的招數，對賀鳴洲一個尚未成親的粗獷大男人適用，對梅昌振這個履歷豐富的中年男人就不怎麼適用了。

「怎麼說話的？我看小姑娘就很好，又聽話又懂事，哪裡心眼小了？」幾乎是沒有片刻的遲疑，梅昌振就懟了回去。

看梅昌振一副不客氣模樣，衛繁星不由就好笑了。也不跟他爭辯，直接就低頭認錯。

「是我說錯話了。」

梅昌振冷哼一聲，沒再多言。

紀璃洛看看這個又望望那個，最終小心翼翼回到了衛繁星的身邊，抬頭眼巴巴地看著衛繁星，唯恐自己做錯了事。

「沒事。」確實跟紀璃洛沒有關係，衛繁星輕輕摸了摸紀璃洛的腦袋。「吃糖去。」

紀璃洛抿著嘴巴笑了笑，乖乖地走到一旁坐下。

見紀璃洛和紀暮白適應還算良好，衛繁星便開始忙起了自己的工作。

臨近年關，一整年的帳目都需要整理核對，衛繁星的忙碌不單單是嘴上說說。一直到午飯時分，她才告一段落，想起身邊兩個小的。

紀璃洛和紀暮白是真的很安靜。兩個孩子哪怕是吃糖，都儘量沒有發出聲響，只老老實實地看自己帶來的《三字經》。

反而是梅昌振，中途走過來好幾次，還特意給兩個孩子送了宣紙和筆墨，隨兩個孩子自己畫畫寫寫。

紀璃洛和紀暮白都是摸過筆和墨的，更別說梅昌振是特意研好了磨端過來的，紀璃洛和紀暮白乖乖道了謝，真就拿起筆開始在宣紙上寫字。

毋庸置疑，紀暮白的字要寫得更端正；而紀璃洛的字麼，就是格外地張牙舞爪了。

不過很顯然，梅昌振更喜歡紀璃洛。哪怕紀璃洛的字不是那麼好看，看在他的眼裡也是難得的。

於是等衛繁星忙完轉過頭來的時候，紀璃洛的手裡就多了一個小算盤。

「是伯伯送給我的。」不需要衛繁星開口問，紀璃洛指了指梅昌振的位置。

衛繁星是認識這個小算盤的。也沒多說其他的，直接問道：「會打算盤嗎？」

紀璃洛苦惱地搖了搖頭。「不會。」

「先去吃飯，吃完飯回來教你倆。」衛繁星一手一個牽住，朝著食堂走去。

紀暮白是有些害羞的。

雖然跟衛繁星已經相處了大半年，可衛繁星實在不是什麼耐心可親的長輩，突然這麼親近地牽手，紀暮白很是緊張，更多的是期待和高興。

紀璃洛的反應就熱情多了。

雙手並用地抓住衛繁星的手，狠狠搖了好幾下，紀璃洛呵呵笑出聲來，臉上盡是燦爛和甜蜜。

因為接下來要每天都帶著紀璃洛和紀暮白這兩個小的，衛繁星便也沒打算來回往紀家跑了，中飯就留在糧站食堂吃，待到晚飯再一併回去。

如此一來，加上一個紀彥宇，衛繁星的家眷名額明顯多了一個，所以沒有任何意外的，紀彥宇的飯菜只能打包了。

正好紀彥宇從學堂過來糧站也需要一定的時間，就方便了衛繁星帶著兩個小的先吃。

「哇，有大雞腿！」糧站的飯菜一直都很好，但這麼大的雞腿卻少有，紀璃洛看著就要流口水了。

老樣子，衛繁星的分額是兩個免費的大雞腿。也沒糾結，衛繁星多花銀錢，另外加了兩個。

麻溜地打好飯菜端到一旁的桌上，先將紀彥宇的那一份分開放好，衛繁星示意紀璃洛和紀暮白。「先吃。」

紀璃洛就不客氣了，雙手齊上陣，抓著大雞腿吃得津津有味。

紀暮白卻是秀氣很多，用筷子挾著雞腿，一小口一小口地咬著吃。

「繁星，你們家兩個孩子的性格差別好大。」難得衛繁星帶著孩子留在糧站食堂吃飯，李嬌嬌也帶著家眷湊了過來。

「是。」在衛繁星眼裡，紀璃洛和紀暮白的性格都很好。她沒想過要糾正，也不覺得有哪裡不妥。

「我瞧著小璃洛性格外放些。小姑娘又愛笑，不管走到哪兒，遇上再是嚴肅的人，都很討喜呢！」

李嬌嬌這話，說的就是一上午梅昌振的反應了。

「梅總帳房心善。」衛繁星聽懂了李嬌嬌的話語，也沒避開，直接回道。

李嬌嬌張張嘴，很想解釋她說的不是這個意思，但迎上衛繁星明亮的了然目光，李嬌嬌到了嘴邊的話語，忽然就說不下去了。

訕訕地笑了笑，李嬌嬌到底還是低下頭吃飯去了。

衛繁星知道李嬌嬌的彆扭。無外乎是糧站最近越演越烈的傳言她要接替梅昌振的總帳房位置，帶給了李嬌嬌這個副總帳房一定的威脅。

對此，衛繁星沒什麼想要解釋的。

她本人確實不是庸才，也不是碌碌無為、混吃等死的閒人，哪怕如今不是在現代，衛繁星依然有著一顆拚搏奮鬥的心。

換而言之，她的能力足以匹配她的野心，要她當糧站的總帳房，這個位置她勝任得了，也完全不心虛。

收回視線，衛繁星正準備吃飯，眼前忽然多了一隻大雞腿。隨後，落在了她旁邊紀璃洛的碗裡。

「咦？」正啃著大雞腿的紀璃洛好奇地抬起頭，下一刻就露出了甜甜的笑容。「伯伯！」

「嗯。」衝著紀璃洛生硬地點了點頭，梅昌振轉身就走。「多吃點。」

小胖丫頭不多吃一隻雞腿，還怎麼長胖？要是餓瘦了，就不討喜了。
紀璃洛想要伸手拉住梅昌振。這麼好吃的大雞腿，當然要大家都有的吃才行。
可手剛一伸出去，紀璃洛就發現，上面沾了好多油。
再然後，紀璃洛就不好意思了，默默地縮了回來。
這個時候再想要叫住梅昌振，顯然是為時已晚。
沒辦法，紀璃洛只好轉頭求助衛繁星。
「吃不下，就留著晚飯吃。」衛繁星直接說道。大冬天的，不怕雞腿會壞。
「可是伯伯沒得吃了……」紀璃洛小小聲地回道。
「妳晚上回家跟妳四姑姑商量商量，明天早上可以給伯伯帶一份早飯作為謝禮。」
在衛繁星有意識的指導下，如今紀佩瑤做的早飯是越發精緻和出色，送禮也絲毫不丟人。
「好！」紀璃洛雙眼一亮，笑得更歡了。

第二十四章

傻眼地看著紀璃洛碗裡多出來的大雞腿，儘管李嬌嬌一而再地安慰自己要淡定，還是沒能克制住她翻滾的嫉妒。

都是一樣的小輩，她家孩子還是梅昌振看著長大的呢！可這麼多年下來，她家孩子哪裡吃過梅昌振哪怕一顆糖果？

可紀璃洛就不一樣，一大早上的，又是糖果、又是算盤的，這會兒又得了一個大雞腿，哪樣不是又珍貴又稀奇的？

再看看衛繁星一臉理所當然的態度，還有來有往地說明日要給梅昌振帶早飯作為酬謝……

李嬌嬌就懷疑，衛繁星早已經跟梅昌振達成共識，站在同一戰線上了。

虧她之前還擔心衛繁星跟梅昌振這個總帳房處不來，會被梅昌振下絆子。

可事實上，梅昌振又是幫衛繁星的小姑子找活計，又是給衛繁星的小姪女送東西！怎麼看，她才是被排擠的那一個！

再一想到她平日對衛繁星那般好，但凡能幫襯衛繁星的地方，她都絲毫沒有二話，衛繁星卻如此遮遮掩掩，背地裡跟她來陰的……

李嬌嬌怎麼想都覺得極其不甘心，帶著濃濃的委屈，篤定自己這是被背刺了。

遙想最開始她跟衛繁星拉近關係的起點，還是衛繁星不避嫌地稱呼她一聲「總帳房」呢！卻原來，衛繁星才是真正要當總帳房的人。

她反而變成了一個天大的笑話卻不自知，甚至一度沾沾自喜，深以為然……

可笑，真是太可笑了！

想得越多，李嬌嬌的心情就越發不好。自然而然，這頓飯就有些吃不下去了。

也沒跟衛繁星打招呼，李嬌嬌毫無預兆就站起身，呵斥著還沒吃完的丈夫和小兒子趕緊走人。

一臉懵地被呵斥，再一頭霧水地被李嬌嬌黑著臉帶走，李嬌嬌的丈夫和小兒子從始至終都是茫然狀態，根本不知道發生了什麼。

衛繁星沒有任何反應，也沒受到任何的影響。

工作上的正常調動和升遷，本就不該受到私人感情的左右和要挾。今日若是李嬌嬌要升為總帳房，衛繁星只會覺得技不如人，繼續沈澱心情、努力提升自己的能力，絕不會暗自生氣，甚至一朝跟李嬌嬌翻臉，以後都不再往來。

於她，只要行得正、坐得端，不耍任何陰謀詭計，不走其他歪門邪道，有能力者就該被看見，也理所應當被重用。

此時此刻，李嬌嬌心下的不舒坦，對衛繁星而言是無解的矛盾。只能寄望李嬌嬌自己順利排解，而不是一味鑽進死胡同，越走越遠。

至於李嬌嬌嘴裡對衛繁星的關照，其實也就是最開始兩日帶衛繁星去糧站食堂熟悉環境，幫衛繁星去接紀家幾個孩子那麼一次，在紀佩芙跟風大娘起衝突的時候，幫忙說過幾句話……

衛繁星記得這些人情，也都加倍地還回去了。

否則李嬌嬌這大半年怎麼可能工作得那般順利，就連梅昌振時常焦頭爛額的帳本，李嬌嬌卻處理得甚是輕鬆，無外乎都是衛繁星幫的忙，幫的還都是大忙，占用的都是衛繁星自己的時間和精力。

所以真要算起來，衛繁星並不虧欠李嬌嬌。無論是人情上，還是工作上，她從未占過李嬌嬌的便宜。

只不過李嬌嬌自己沒有看清楚罷了。

或者說，她只看得見她對衛繁星的付出，卻不覺得衛繁星對她也是有回報的，只是將衛繁星的幫忙視為理所當然……

當天傍晚，紀璃洛真的將梅昌振送給她的那隻大雞腿帶回了家，一路上都在跟紀彥宇嘰嘰喳喳地講著她和紀暮白一整日的舉動。

有上午看《三字經》、外加練字的，也有下午跟衛繁星學打算盤，還被梅昌振這位新認識的伯伯教會算術的……

總而言之，他們這一日過得很充實，也沒給衛繁星添任何麻煩。

「大嫂，那位梅總帳房……」

紀彥宇不是紀璃洛和紀暮白，該知道的、不該知道的，他其實都看在眼裡。

就比如，衛繁星在糧站跟這位梅總帳房的相處其實並不怎麼融洽，甚至還帶著點老死不相往來的意味。

「梅總帳房挺喜歡咱們家小璃洛的。」

一整天下來，衛繁星看得分明，梅昌振只是單純地喜歡紀璃洛，跟她本人沒有任何關係。

紀彥宇若有所思地點點頭，隨即又稍稍壓低了聲音。「我中午去糧站的路上，有碰到李總帳房。她似乎在生氣，明明看見我了，卻故意扭頭裝作沒有看見。」

鑑於李嬌嬌和衛繁星的交情，紀彥宇在路上見到李嬌嬌，肯定會主動打招呼。而李嬌嬌平日的反應也特別熱情，有時候甚至比紀彥宇還先出聲喊人，態度頗為友善。

像今日這般，明顯是不對勁的。紀彥宇是沒什麼大的觸動，他擔心的是衛繁星這邊是不是遇到了不愉快的事情。

「年關了，事多，心也不容易靜下來。」

衛繁星說到這裡，見紀彥宇一臉執著地看著自己，不由就笑了笑，給出最是直截了當的回答。「最近糧站都在傳言，我很快會升任總帳房。」

紀彥宇頓時了然，肯定道：「李總帳房心有不快。」

雖然跟著衛繁星稱呼李嬌嬌為「總帳房」，但紀彥宇沒有忘記，李嬌嬌實則還有一個「副」字，位於梅昌振之下。

「畢竟我剛進糧站不到一年。」

衛繁星倒是沒有想到，她還會跟紀彥宇這麼一個十歲的孩子聊工作上的事情。

「可大嫂是會計，也有這個實力。」在紀彥宇的想法裡，年限從來不是決定勝敗的關鍵，實力才是。

既然衛繁星有能力，又有實力，就應當出任這個總帳房，無愧任何人。

「我也這樣認為。」衝著紀彥宇投去「英雄所見略同」的贊同目光，衛繁星本人還是很有自信的。

看衛繁星的反應是真的一丁點影響也沒有，紀彥宇不再多問，遂放下心來。

「我回來了！」

紀佩芙是這一日最晚到家的，不過，她的精氣神倒是很足。

「怎麼樣？衙門後廚那邊的活計難不難？妳都幹得過來嗎？」紀佩瑤今天擔心了一整天，就怕紀佩芙這邊出什麼紕漏。

「我是什麼人？區區採辦，怎麼可能幹不過來？」紀佩芙傲嬌地抬了抬下巴，臉上掛著大大的笑容。

「四姊就放心吧！我回來前特意繞去後廚問過，五姊今天幹得挺好的。」紀彥坤雖然是個粗神經，但紀佩芙工作的第一天，他還是上了心的。

「你是親弟弟，人家哪裡會實話跟你說？」紀佩瑤嗔怪的搖了搖頭。

紀彥坤眨眨眼，總算明白為何他明明一回來就告訴了四姊，四姊卻還是擔心到這會兒的原因。

不過，紀彥坤還是要為自己正名的。「我去問的是何大廚！咱們衙門最凶最凶的何大廚！他都說了五姊幹得不錯，五姊肯定就幹得很好的！」

府衙後廚的事情，紀佩瑤當然不知道，不過幹了一整天的紀佩芙，依然了解一二。

「何大廚確實挺凶的，好像人家欠了他幾百兩銀子沒還似的，整日板著個臉，凶神惡煞的，說話都是大嗓門吼的，不知道的人還當得罪他了。」說起何大廚，紀佩芙忍不住吐槽道。

「五妹，妳才剛去衙門後廚，怎麼可以背後說人閒話？」紀佩瑤不贊同地敲打了紀佩芙一下，訓道。

「我這不是在咱們自家人面前說一下嘛！而且我不是說閒話，是講述事實。何大廚的凶，是整個衙門眾所周知的，稍稍去打聽一下就知道了。」紀佩芙不服氣，為自己辯解。

「那也不能亂說。」紀佩瑤沈下臉來。

「好、好、好！不說，不說。」紀佩芙舉雙手投降，卻又忍不住嘀咕道：「明明是小七先提的。」

「我錯了，我下次再也不敢了！」紀彥坤立馬雙手捂嘴，認錯的速度簡直不要太快。

一旁的紀璃洛被逗得哈哈大笑。

連紀暮白臉上也露出了笑容。

「這樣看來，佩芙在衙門確實幹得不錯。」看紀佩芙還有心情閒話旁人，衛繁星的關注點直接偏了。「只是採辦，衙門後廚的帳目應該不算多，但佩芙妳依然不能粗心大意。哪怕只是一文銀錢，都要記得清清楚楚。腦子記不住，就拿紙筆記下來，這樣不管任何時候，妳都能跟衙門對帳交差，且不出丁點的紕漏。」

「嗯嗯，我都記下來了。而且我按著大嫂交代的，在臨回來之前，將當日記的帳目逐一跟何大廚核對無誤後，才走人的。」

紀佩芙說著就拿出了自己隨身帶著的自製帳本。

帳本是按著衛繁星的要求做出來的，紀佩芙自己動的手，怎樣記帳也甚是清楚。只要她用心，就不會出錯。

「晚點再重抄一份放在家裡，以防萬一。」

跟衙門打交道，還是涉及到銀錢，衛繁星要求紀佩芙儘量多做，考慮周全。

「好，我記住了。」只是重抄一份，算不得麻煩事，紀佩芙還算乖巧，聽話應下。

至此，衛繁星不再多說其他。接下來，就看紀佩芙自己如何成長了。

第二十五章

因為是來之不易的活計，哪怕只是臨時工，哪怕只是採辦，紀佩芙每日都精神飽滿，幹得很是起勁，也特別細心。

自然而然地，她經手的帳目一次也沒出過紕漏，準確無誤。

這樣的日子，一直持續到了年關前一日。

大年二十九的傍晚，紀佩瑤正帶著紀佩芙等人忙碌著準備各種年貨，衛繁星則依舊躺平偷懶，紀家大門忽然被敲開了。

「三姊？三姊，妳怎麼會回來？」

去開門的是紀佩芙，此刻爆出尖叫聲的，也是紀佩芙。

「三姊？真的是三姊？」

「三姊回來了？她在哪裡？」

「三姑姑！」

「三姑姑！」

伴隨著紀佩芙的尖叫聲起，紀佩瑤幾人也都著急忙慌地往外跑。

「是我，我回來探親了。」

站在紀家大門口的，可不就是已經離家多年的紀佩琪？

別說紀佩瑤他們了，就是紀佩琪自己，這會兒也有些恍惚。

下鄉八年，她沒有一年的年關不想回來，但是每一年，都輪不到她。

如今她都要徹底放棄了，可今年村長毫無預兆就通知下來，是她了。

顧不上知會任何人，紀佩琪幾乎是用平生最快的速度收拾好包袱，頭也不回地離開了河裡村。

這一路的恍惚，直到被紀佩瑤和紀佩芙大力抱住，方才有了真實感。

再一看站在眼前的紀彥宇和紀彥坤，圍著她轉圈圈的紀璃洛和紀暮白，以及稍遠幾步的衛繁星……

都是很陌生的面孔，卻還是讓紀佩琪幸福得想要落淚。

「三姊，妳離家的時候，小六和小七才兩歲呢！妳看他們現在都長這麼高了。是不是認不出來了？」紀佩芙激動不已，說個不停。「還有，這是小璃洛和小暮白，二哥的龍鳳胎。長得好看吧！

「哦，對了，那是大嫂，今年才嫁來咱們家的，如今是咱們家的大當家。她可是會計，還是糧站的會計，可厲害了！」

說完這個說那個，紀佩芙甚至連她私下裡對衛繁星的崇拜和誇讚都直白地說了出來。

要知道平日裡，她向來都是最彆扭的那一個。

說實話，眼前的一切對紀佩琪都是生疏的，但又是最親近的。

家書中提到的種種，在這一刻都得到了證實。紀佩琪終於可以放心，縱使遭遇巨大變故，可家裡的一切都好。

逐一跟眾人打過招呼，紀佩琪臉上的笑容始終沒有消散。

「五妹，妳少說兩句。先讓三姊進屋歇會兒，再給三姊端些吃的。」

比起紀佩芙率先想要介紹家人給紀佩琪認識，紀佩瑤想的就是紀佩琪肯定累了，也餓了。

「對、對！我都忘了。三姊，妳趕了多長時間的路？是不是餓了？趕緊的，進屋喝口水，我去給妳端吃的。四姊如今的廚藝大有長進，很好吃的，連我們衙門的總捕快，還有糧站的總帳房都誇過的。」紀佩芙一邊說一邊拉著紀佩琪進屋。

賀鳴洲的誇讚，眾所周知。至於梅昌振麼，就是託了紀璃洛的福，接連吃了好幾天紀佩瑤做的早飯，到底還是被征服了，如今跟紀璃洛的關係別提多親近了。

紀佩瑤已經不想制止紀佩芙了，只跟在一旁幫著紀佩琪拿下包袱。

「四姊，我來，我來。」紀彥坤眼明手快，趕緊去接了過來。

「我還好。路上有吃乾糧，不是那麼餓，先不用忙……」紀佩琪耐心十足地回道。

「光吃乾糧怎麼行？吃不飽不說，還不好吃。三姊妳等著，我這就去廚房給妳找好吃的。」紀佩芙說著就要往廚房跑。

「行了妳啊，老老實實待著。廚房那邊我去，不用妳。」在吃食這一方面，紀佩瑤才是王者。換了紀佩芙過去，還不定給紀佩琪端出什麼來。

「好、好、好，那四姊妳去，多給三姊端點。要好吃的，最好吃的！」紀佩芙的嘴巴根本就停不下來，儼然快要變成嘮嘮叨叨了。

「佩芙，妳好吵。」終止紀佩芙喋喋不休的，是衛繁星極其平淡的一句話。

紀佩芙瞬間閉嘴，沒了聲音。儘管看她的臉色是很想再多說幾句的。

紀佩琪就笑了。

之前只是在家書中聽說衛繁星這位大嫂的厲害，如今親眼瞧見，確實名不虛傳。

「佩琪這次回家，能待幾天？」制止了紀佩芙，衛繁星開始問上正題。

「三天。」紀佩琪輕聲回道：「探親假一共七天，路上得耽擱四天，在家裡就只能留三天了。」

「還行。最起碼除夕、大年初一和初二都能留在家裡。」

青娘子的難，從來不需要用言語贅述。衛繁星也不是喜歡拉著紀佩琪哭哭啼啼的人，凡事自然是往好的方面想。

「是，能在家裡待上三天，已經很難得了。之前一些青郎君和青娘子回家探親，因離得實在太遠，有的只能在家裡待上一日。咱家離得近，還算好的。」紀佩琪也不喜歡一個勁兒地哭訴自己的委屈，反而更喜歡衛繁星這般淡淡的反應。

「只有一日？那豈不是剛回到家，就又要走了？」

紀佩芙的安靜向來都是有時限的，這會兒又忍不住冒了出來。

「也是沒辦法的事，律法如此。」不想就這個話題繼續多說，紀佩琪轉而問向衛繁星。

「大嫂，家裡過年的事項都準備好了？需不需要我幫忙？」

「這個不用問我，我就一等吃等喝的，妳得問佩瑤他們。」毫不掩飾自己的偷懶，衛繁星雙手一攤，說道。

紀佩琪愣了愣，下意識地看向身邊的紀佩芙。

紀佩芙就撇撇嘴，點了點頭。

「可不是？咱大嫂什麼都不會，根本就指望不上。家裡今年過年需要準備的東西，都是我和四姊帶著小六、小七動手，就連小璃洛和小暮白都幫忙了。」

紀佩琪聽得出來，紀佩芙嘴上這樣說，語氣裡卻是沒有絲毫責怪，反而透著理所當然的親近。

再看衛繁星完全不以為意，一副任由紀佩芙「編排」的愜意模樣……紀佩琪心下越發明朗了起來。

因為她不能時時刻刻留在家裡，紀佩琪當然是樂見衛繁星和紀家人如此親近的。

也所以，一句責怪的話語都沒有，紀佩琪接著問。

不過，這會兒詢問的對象，就是紀佩芙了。「那給親戚們的年禮，也都準備妥當了？都是長輩，可不能失禮。」

被紀佩琪這麼一問，紀佩芙瞬間垮下臉來，硬邦邦的兩個字蹦出來。

「沒有。」

「嗯？」紀佩琪愣住，好奇地環顧一圈，確定並非衛繁星的意思，就更疑惑了。「出了什麼事嗎？」

家書到底不比日常見面，紀佩琪又一直遠在鄉下，紀佩芙自是報喜不報憂。故而一眾親戚之前的冷眼旁觀，紀佩芙並未跟紀佩琪提及。

此刻有了機會，紀佩芙不帶絲毫猶豫，一股腦兒地倒了出來。

紀佩琪聽著聽著，眉頭就皺了起來。既憤怒親戚們的無情和冷漠，又心疼弟妹在她不知道的時候受了這麼多的委屈。

當初知道家裡遭遇變故的時候，她亦是跟著心急，想著大哥和她都不在鳳陽城，但好歹紀家並非孤枝無依，還是有些親戚在鳳陽城住著的……

可她未曾料到，那些親戚竟然一個也沒有伸出援助之手，任由家中弟妹差點瀕臨絕境。

若不是大哥及時趕回來，若不是大嫂考中會計，紀佩琪想都不敢想，等著她的會是如何的下場……

「那便不來往了吧！」雖然紀佩琪一貫信奉與人為善，凡事都不會做絕，但僅限於她自己。

欺負了她的家人，還想要她忍氣吞聲、假裝什麼事都沒發生，是絕對不可能的。

「嗯！就不該再跟他們來往了。而且咱們家如今多好，大嫂、四姊、小七，還有我，都有了活計，也都有了月錢，吃喝不愁，事事順利，才不需要再去理睬那些煩心事。」

紀佩芙說著又將她和紀彥坤是如何找到活計的意外之喜，詳細講訴給了紀佩琪知曉。

紀佩琪之前便收到紀彥坤特意寄過去的口糧，知道紀彥坤立了大功，如今已經是板上釘釘的官府捕快，本就心生喜悅。

再聽紀佩芙竟然也去了衙門後廚，哪怕只是臨時工，紀佩琪也甚是欣喜。「五妹能幹，小七也甚是英勇。」

「我不算能幹啦！都是沾了小七的光。」紀佩芙性子衝動，但也並非自欺欺人之輩，被紀佩琪誇讚得不好意思，捂著臉，不自在地解釋道。

「那也是很厲害了。若五妹做得不好，哪怕有小七這份人情在，知府衙門的後廚也不會接納五妹。再者，自家姊弟，沾光便沾光了，理所應當，無須羞愧。」點了點紀佩芙的鼻子，紀佩琪的語氣很是溫和，又透著一股堅定。

「嗯！我也是這樣想的。」紀佩芙重重地點了點頭，應答得特別用力。

說話間，紀佩瑤將特意準備的豐盛晚飯端了出來。

「咦？確實都是新鮮吃食。」紀佩芙沒見過紀佩瑤端出來的這種吃法，不由笑了。

第二十六章

這一次，不需要紀佩芙開口，早已按捺不住的紀彥坤閃耀登場，比比劃劃地說起了其中內由。重點提及了賀鳴洲這位知府衙門的總捕快，以及衛繁星這位背後提供指點的大當家。

紀佩琪方才知道，家裡還有這般淵源。與此同時，心下越發感到愉悅和爽快。

連知府衙門的總捕快都跟自家人有了交際，以後即便她不在家裡，也不怕家人被欺負了。

當然，她對衛繁星的感激亦是源源不斷地湧出，幾乎快要井噴。

紀家人都是說到做到的性子。他們說過年不去走訪親戚，就真的沒有去。反而是自己一家人聚在一起吃吃喝喝，又熱鬧又溫馨，玩得不亦樂乎。

大年初二這一日，紀佩瑤姊弟四人還特意帶著紀佩琪在鳳陽城走了一圈。

紀佩琪本就是鳳陽城土生土長的姑娘，對鳳陽城其實是很熟悉的，但是離開了這麼多年，很多地方多多少少還是有些陌生。

而紀佩瑤他們的重點，就是紀佩瑤如今正在工作的油坊。

雖然過年期間，油坊關門不營業，但是從外面走一走、看一看，也是可以的。

「三姊，這就是油坊了。等妳回城，直接就在這裡幹活計了。」

紀佩瑤說著就詳細介紹了盛油小工的具體職責，很是簡單的活計卻用了很多的言語，勢必要說得仔細再仔細。

紀佩琪沒有推辭既然紀佩瑤已經在油坊幹了，以後就是紀佩瑤的工作，她再另行去找。而是欣然接受了家裡的安排，並且認認真真將紀佩瑤說的每一個字都牢牢記在心裡，再反反覆覆地在自己的腦海裡模擬了一遍又一遍。

即便清楚知道，盛油小工的活計極其簡單，根本不存在任何難處，紀佩琪依然很是珍惜，發自內心地充滿了憧憬和嚮往。

離開了油坊，紀佩芙和紀彥坤則特意帶著紀佩琪去知府衙門外走了走。

比起紀佩琪離開鳳陽城的時候，知府衙門是沒有任何改變的。但是如今的紀佩琪，心境截然不同。

以前只覺得知府衙門離自己甚是遙遠，現下卻知道自家弟弟和妹妹都在知府衙門有了差事。帶著濃濃的驕傲和自豪，紀佩琪看得津津有味，特別起勁。

油坊還能說以後回來可以隨時進去細看，知府衙門這邊就沒有如此自由了。哪怕紀彥坤和紀佩芙都在知府衙門幹活，家眷也是不能輕易進去走動的。

倒是衙門後廚，紀佩琪或許有機會進去看上一看，但必須得等到紀彥坤年滿十六歲，正式拿到捕快差事，再不然就是紀佩芙日後轉正，才有可能了。

儘管如此，紀佩琪也不覺得失落，更不覺得無趣，反而抱著極大的期許。

而紀彥坤和紀佩芙兩人的講訴，聽在紀佩琪的耳朵裡，十分新鮮，也極其神秘。

大人們聊得熱火朝天，跟在旁邊的紀璃洛和紀暮白則手捧糖葫蘆，吃得很是盡興。

他們自己是有零花錢的，再者過年衛繁星還發了壓歲錢，紀璃洛和紀暮白的小荷包可謂鼓鼓囊囊，想吃幾串糖葫蘆都有。

這不，兩個孩子還特別大氣地給家中長輩每人買了一支糖葫蘆，就連偷懶沒有出門的衛繁星也有一串，晚點再帶回去。

耳邊是弟弟妹妹在嘰嘰喳喳地講述，身旁是姪兒姪女可愛稚嫩的笑臉，這般情景於紀佩琪，無疑是極為欣慰的。

哪怕明日就要再度出發離開鳳陽城，紀佩琪也不覺得有任何的遺憾和傷心。

只因她很清楚，這次告別，下次再團聚卻很近了。她的家安安穩穩的，隨時都是迎接她回來的避風港。

這樣的高興一直持續到回家，在看到家裡的陌生人的一刻，戛然而止。

「璃洛、暮白，你倆可算回來了！外婆可想你們了。來來來，這是外婆特意給你們買的好吃的，就等著你倆回來吃呢！」

余家外婆已經如坐針氈好一會兒了。

要不是自己足夠的厚臉皮，只怕她早就灰溜溜地告辭離開了。

「可不是，三舅母也給你們準備了壓歲錢。從昨日清早就在盼著你們上門，看你們一直沒去，三舅母特意給你們送過來了。」擠出笑臉，余家三舅母說著就開始往外掏銀錢。

大半年過去，余家三舅母的肚子依然沒有傳出好消息，這對於余家上上下下而言，實在是過於沈重的打擊。

眼瞅著又是新的一年到來，余家人按捺不住，又把心思打在了紀璃洛和紀暮白的身上。

不過這一次，他們不敢再來強的，而是打算懷柔。

與此同時，這次他們不打算直接把紀璃洛和紀暮白都要過去，準備退而求其次，只要紀暮白一個男娃就夠了。

會做這樣的妥協，當然是不得已而為之。

誰讓紀家出了一位會計大嫂，還是在糧站做活計，他們余家哪裡得罪得起？

就好像今日她們婆媳二人提著豐厚的禮品登門拜年，一個笑臉也沒換到不說，差點連紀家大門都沒能進來。

得虧她們婆媳手腳夠快，趕在衛繁星狠狠拍上大門之前，擠進了門縫裡，這才沒有吃上閉門羹。

不過，儘管進了紀家大門，她們婆媳二人也沒受到任何款待和禮遇。到這會兒都還沒能喝上一口熱乎水，連凳子都是她們自己坐下的。

而衛繁星這個人，卻舒舒服服地坐在一旁，又是喝糖水，又是吃點心，全然沒有丁點招待她們的意思，已然當她們不存在。

但凡換成紀家其他任何一個人敢這樣對待她們，余家外婆和余家三舅母都是要罵人的。上門就是客！這還是大過年的！紀家到底有沒有禮數？紀明和當初還在世的時候，就是這樣教養他們的？

哪怕換成是大半年前，初次見到衛繁星的時候，余家外婆和余家三舅母也敢這般衝著衛繁星嚷嚷喊叫，全然不在怕的。

但是，昨天大年初一，他們余家所有親戚聚在一起閒話家常的時候，有人提到了紀家這大半年的飛黃騰達。

不單單是衛繁星在糧站當會計，紀佩瑤也去了油坊，還有紀彥坤，一個十歲大的野小子，竟然去了知府衙門的巡邏小隊！

一開始他們還不以為然，什麼「巡邏小隊」，聽都沒有聽說過，只怕是編瞎話傳出來糊弄人的，根本當不得真。

可當他們還知道紀佩瑤去了油坊，余家外婆和三舅母就有些坐不住了。

油坊的活計比磚窯不知道要輕省多少！這麼好的活計，竟然被紀佩瑤一個小丫頭給搶了去？

只怕還是紀家那個當會計的大嫂的功勞吧！

提及此事，余家人對衛繁星可謂是又厭惡又害怕。厭惡衛繁星當初在他們家不可一世的嘴臉，又害怕徹底得罪了衛繁星，乃至他們余家一丁點的好處都占不到……

像今日，她們來紀家，另一個目的就是想要借此跟紀家再度恢復走動。最好能跟衛繁星緩和關係，日後也好跟著吃肉沾光。

不過極其明顯的是，衛繁星並不是很歡迎她們的到來，對她們的態度也頗為冷漠。

被逼無奈，余家外婆和三舅母只能把所有的期待和指望，又放回到了紀璃洛和紀暮白的身上。

突然見到余家外婆和三舅母登門，紀璃洛和紀暮白下意識就往後退了退。幾乎是沒有絲毫猶豫，兩個孩子就躲到了紀佩瑤他們的身後。

被紀璃洛和紀暮白的舉動弄得沒臉，余家外婆乾笑兩聲，想要罵人，偏偏又只能忍住。

「哎呀，你們這兩個孩子，怎麼還跟外婆玩躲貓貓了？」

「就是說。三舅母知道你們兩個喜歡玩躲貓貓，等你們去三舅母家裡拜年，三舅母好生陪你們玩，好不好？」余家外婆找的這個藉口並不是很高明，余家三舅母卻也只能跟著附和。

總不能承認兩個孩子跟他們余家不親近吧？那才是真的惹來笑話。

紀佩琪到了這會兒才明白，眼前這兩個陌生人的身分。不過對余家外婆和三舅母，紀佩琪也拿不出什麼好的臉色和態度就是了。

回來這兩日，她旁敲側擊地問了很多自己不在家的時後，家裡發生的變化。對想要搶走自家兩個孩子的余家人，她實在沒什麼好臉色。

「那什麼，他四姑，這大過年的，兩個孩子的外公實在是太想他們了，特意讓我們過來接兩個孩子去余家住上兩日。」

對於衛繁星，余家外婆不敢招惹，但是對於紀佩瑤，余家外婆還是敢說話的。「實在不行，就暮白一個孩子回去也行，就是給他外公看看。」

「不去！」不等紀佩瑤開口，紀佩芙直接就回道。

「怎麼就不去了呢？我們特意在家裡給暮白準備了好多好吃的，保准不會餓著暮白的。」也沒再多提紀璃洛，余家外婆連忙說道。

「就算暮白的親娘不在了，我們到底還是暮白的外家親戚，你們總不能以後都拘著暮白不跟親外公和親舅舅走動吧！」

同樣只盯緊了紀暮白的余家三舅母則開始扯大旗，一股腦兒地把過錯都推給紀家人。

第二十七章

「什麼走動？說得那麼好聽，不就是想要搶孩子嘛！上次是誰那麼不要臉，想要拿繩子捆人的？妳們怎麼還好意思上門的？忘了我當時是怎麼拿竹竿抽妳們的了？」實在沒想到余家外婆和三舅母如此厚顏無恥，紀佩芙氣呼呼地罵道。

「欸欸欸，這話怎麼說的？那都是過去多久的事情了？我們家早就翻篇了，怎麼你們幾個孩子還這般記仇？都是自家親戚，還能沒有上嘴皮磕破下嘴皮的時候？我們當長輩的，這不是主動來跟你們求和了嘛！你們可不許再鬧騰了，否則就太不像話了。」

余家外婆睜眼說瞎話，一番話下來，將她自己標榜得格外大氣又寬容。

余家三舅母也是不認輸的，兩三步就走上前，想要將紀暮白從紀佩瑤他們的身後再給拽出來。

「暮白，你先把壓歲錢給收了，三舅母再帶你出去買好吃的！」

幾乎是下意識地，紀璃洛雙手抱住了紀暮白，氣鼓鼓地衝著余家三舅母齜牙。「暮白不去！」

余家三舅母想罵人。如今不稀罕紀璃洛了，哪還管紀璃洛說什麼？

偏生紀暮白向來都跟紀璃洛要好，余家三舅母又不能來強硬的，只好擠出笑臉認真強調道：「三舅母跟暮白說話呢！」

換而言之，這兒根本沒有紀璃洛什麼事，紀璃洛只管閉嘴就行了。

「暮白不想跟妳說話。」紀璃洛卻是個聽不懂的，急忙想要跟余家三舅母撇清關係，連帶紀暮白一起，遠遠躲開余家人。

「欸，我說，妳這孩子……」余家三舅母耐心有限，又不是衝著紀暮白，難免就破功了。

紀佩琪站了出來，擋在余家三舅母的面前。「暮白哪兒都不去，就留在紀家。」

「妳又是誰？」

衛繁星這個新大嫂，余家三舅母認識，但是紀佩琪，余家三舅母就不認識了。

「我是紀家老三，璃洛和暮白的親姑姑。」沒有隱瞞自己的身分，紀佩琪報上家門。「我們紀家的孩子，紀家自己會養，也養得起。哪怕妳們是外家長輩，也不能強行搶走別人家的孩子，否則我立馬去官府狀告妳們！」

紀家老三？余家三舅母愣了愣。「妳就是紀家那個下鄉的青娘子？妳怎麼回來了？」

「別是偷跑回來的吧？」只覺自己一下子抓住紀家人的命脈，余家外婆反應極快，態度也立馬變得強硬了起來。「你們最好識相些，別惹得我們找上官府。到時候官府來你們紀家抓人，才是牽連全家的大禍事。」

余家三舅母也反應了過來，不敢置信地看著紀佩琪。「妳偷跑回來了？妳是瘋了吧！你們紀家還有在糧站和油坊幹活計的呢！難道是生怕別人不去官府舉報你們？」

「真要去舉報，也就只有妳們這兩個壞心腸的才會去！」撇撇嘴，紀佩芙諷刺道。

「所以你們就有恃無恐了？」篤定紀佩芙這就是承認了，余家外婆的氣焰越發囂張，直接轉頭看向了一直沒有理睬她們的衛繁星。「妳可是糧站的會計，連自己的活計也不在意了？」

「嗯？」被余家外婆好似抓住大把柄的得意神色逗笑，衛繁星依舊沒怎麼動彈，一臉無所謂地故意回道：「應該沒有人真的去舉報吧！」

「怎麼就沒人去舉報了？朝廷律法規定的，青郎君和青娘子都不准許隨意偷跑回來，只要我們去舉報，你們一家子都逃不了！」余家外婆說到這裡，嗓門忽然就壓低了。「他大伯母，咱們說到底還是親戚，我們余家肯定不會故意害妳。妳呢，也別老是記著之前那點小恩小怨，就把這兩個孩子給我們余家吧！以後咱們兩家就好好地往來，繼續正常走動。妳看，怎麼樣？」

本來余家外婆確實只惦記紀暮白這個男娃，可眼下不是情況不同嘛！能一下子帶走紀家這對龍鳳胎，天大的福氣馬上就要落在他們余家，余家外婆哪會不心動？

龍鳳呈祥，一龍一鳳當然是湊在一起才是好……

「不怎麼樣！孩子不會給妳們，也沒人要跟你們一家子黑心腸的當親戚。還正常走動？誰愛跟你們走動，你們找誰去，咱們紀家不稀罕！」紀佩芙氣呼呼地嚷嚷道。

「妳一個小丫頭片子懂什麼？誰跟妳說話了？我這是在跟妳大嫂說話！長輩們說話，小輩就老老實實閉嘴聽著。有沒有規矩？懂不懂禮數？」佘家外婆是真的很不喜歡紀佩芙。

先不說紀佩芙上次拿竹竿打過她，光是紀佩芙一身桀驁不馴的態度，就很是礙著佘家外婆的眼了。

「我在自己家裡，想怎麼說話就怎麼說話，妳管不著！」

還規矩和禮數呢，紀佩芙有，但是不準備跟佘家外婆講究。

「妳妳妳……」被紀佩芙氣了個正著，佘家外婆火大地想要動手打人。

「你們是真的不懂，還是裝不懂？只要我們今日出了你們紀家大門，官府隨時都會找上來抓你們，你們一大家子所有人的性命，如今都捏在我們的手裡，懂嗎？」

眼看佘家外婆被帶偏，佘家三舅母沈下臉來，不客氣地撂下威脅。

「那妳們趕緊出門好了。」指了指背後的門檻，紀佩琪笑得矜持。「我們一大家子所有人，都在家裡等著官府上門來抓。」

「不用等官府上門，讓彥坤動手就是了。」衛繁星毫無預兆就幽幽開了口。「彥坤可是巡邏小隊的呢！」

「啊？抓人？抓誰？為什麼要抓人？」

紀彥坤的腦袋，完全沒有弄清楚這前後的因果關係。

怎麼他從頭到尾就站在一旁，可仍是沒有聽懂余家外婆和余家三舅母的話呢？

還有他三姊和大嫂，怎麼也突然提到了報官和抓人？這不是莫名其妙嘛！

「笨蛋。」紀佩芙沒好氣地推了推紀彥坤，粗聲粗氣地解釋道：「你剛剛是沒長耳朵？人家不是說了，咱們三姊是逃回來的，要報官抓咱們一家子。」

「哦哦。」

紀彥坤是聽到了余家外婆和三舅母這樣說，可他們三姊不是逃回來的，而是正常探親啊！

再者，即便余家外婆和三舅母不明實情，三姊和大嫂可是知曉的，怎麼還配合起來了，也沒見解釋的？

「對！我們要報官！」

只當紀彥坤是在故意裝傻充愣地嘲笑她們，更覺得紀佩芙所謂的解釋是存心羞辱她們，余家外婆和三舅母同仇敵愾，火苗倏地往上漲。

「那就去吧！」紀佩琪一邊說，一邊示意身邊的紀佩瑤他們都讓開路。

於是乎，余家外婆和三舅母就這樣被架在了那裡，上不上、下不下。

余家外婆和三舅母都不是好脾氣的，深感被紀家人羞辱，她們自然是想要給紀家人一些顏色瞧瞧的。

再然後，余家外婆冷哼一聲。「去就去！誰怕誰？」

余家三舅母也收回了手裡的銀錢，不再看向紀璃洛和紀暮白，心下的盤算打得越發精。若紀家人都被抓去了，就會留下只有四歲的紀璃洛和紀暮白，根本不需要她們多說，官府肯定會讓她們把兩個孩子帶回家的！

這一刻的余家三舅母明顯跟余家外婆想到一處去了。但凡有可能，當然是龍鳳胎都帶回去養著，才能更有福氣。這若是缺了一個，少了一半的福氣，她依舊懷不上孩子，可就不吉利了。

想到這裡，余家三舅母非但沒有攔著余家外婆，反而很是積極地響應余家外婆的喊話，婆媳二人一副威風凜凜的模樣，大踏步離開了紀家。

目送余家外婆和三舅母就這樣離開，紀佩芙到底沒能忍住。「這都什麼人啊！」

「她倆不會真的跑去報官吧？」紀彥坤傻眼地問道。

「很有可能。」紀佩瑤點點頭。

紀彥坤張大了嘴巴，好半天才溜出這麼一句。「我可真是服了！」

「小七，會對你有什麼影響嗎？」

趕走了余家外婆和三舅母，紀佩琪不放心地問紀彥坤。

她明明不是逃回來的，卻誤導余家外婆和三舅母報官誣告。真要細究，她亦有錯。難免，紀佩琪就擔心會牽連到紀彥坤的身上。

「不會啊，對我能有什麼影響？」紀彥坤一臉茫然。

衛繁星就笑了。「小七，你們衙門過年是誰當值？」

「我們老大啊！本來他應該回乾元城的，但好像是家裡臨時出了什麼事，然後老大就說不回去了，留下來當值。」

於是乎，紀彥坤他們就都放了假。

衛繁星點點頭，轉而叮囑紀佩瑤道：「佩瑤，妳去廚房多做點飯菜，晚飯咱們招待賀總捕快。」

「好。」紀佩瑤沒有任何異議，就進了廚房。

「大嫂，妳不是說，咱們家不送禮的嗎？」紀佩芙好奇地問道。

「大過年的，咱們招待客人，怎麼是送禮？」衛繁星一本正經地回道。

「對哦！大過年的，上哪兒不吃飯的？」紀佩芙了然，不再多說。「那我也去廚房幫忙。」

「我、我、我！我也去！」

難得賀鳴洲要來他們家吃飯，紀彥坤肯定也要表現表現的。

第二十八章

衛繁星沒有攔著他們，只朝著紀璃洛和紀暮白招了招手。

兩個孩子明顯有點被嚇住，此刻沒有了余家人在，他們的精神才放鬆下來。

又見衛繁星招手，他們連忙小跑了過去，同時遞上了他們特意帶回來給衛繁星的糖葫蘆。

衛繁星也沒跟兩個孩子客氣，道了謝就接過糖葫蘆，一邊樂孜孜地吃，一邊問兩個孩子出門都看了什麼、玩了什麼。

紀璃洛和紀暮白就慢慢跟衛繁星講起了他們的所見所聞。

當然，主要是紀璃洛講，紀暮白就負責在一旁補充。

紀佩琪靜靜看著衛繁星輕輕鬆鬆就安撫住了兩個孩子受驚的情緒，明明好似什麼也沒做，卻實實在在就是整個紀家的定海神針。

這一刻，紀佩琪終於明白，為何家裡弟弟妹妹只要提到衛繁星，都是一副驕傲又信任的語氣了。

至於余家外婆和三舅母去報官的事情，既然衛繁星剛剛沒有攔著，紀佩琪忽然也放心了。

很快地，賀鳴洲就隨著余家外婆和三舅母來到了紀家。

見到賀鳴洲上門，紀佩琪二話不說，拿出了自己的探親憑證。

賀鳴洲仔細核對過，確定無誤，轉身盯住了余家外婆和三舅母。

「不可能！」

余家外婆和三舅母正得意洋洋，等著紀家人都被抓住，她們好一人一個，高高興興地帶走紀璃洛和紀暮白。

哪想到下一刻就被狠狠打臉了。

乾元朝是不准許誣告的，像余家外婆和三舅母這種，賀鳴洲什麼話也不需要多說，直接就將余家外婆和三舅母扭送進了大牢。

也不會關很久，只是三日而已。當然還有罰銀，就得通知余家其他人來交了。

不過大過年的被下大牢，肯定不會是多麼舒服的待遇，更別提只要下過大牢，出來後就會被記名，以後勢必要牽扯到自己和家人，不管是找活計還是成親，都會受到極大的影響。

這般懲罰對余家外婆和三舅母，乃至余家所有人來說，才是更致命的傷害。

紀彥坤幫著一起將哭喊著「冤枉」的余家外婆和三舅母送進大牢，隨即就按著衛繁星的吩咐，邀請賀鳴洲去自家吃晚飯。

「我大嫂說了，老大你送去我們家的大米和白麵都還沒吃完，讓你今日務必不要推辭。」紀彥坤說著就擠眉弄眼，一副無奈的語氣。「否則，晚點我還得再跑腿給老大送到衙門去。」

賀鳴洲到了嘴邊的拒絕話語，就這樣嚥了回去。

一看賀鳴洲沒有拒絕，紀彥坤越發高興，絲毫不把賀鳴洲當外人，嘴巴繼續叭叭叭地說個不停。

其中便提到自家和余家的恩怨。

「家中錢財被捲走，你們沒有報官？」

紀家之前接連遭遇巨大變故，賀鳴洲有所耳聞。不過，余蕓兒捲走紀家銀錢的事，向來都不八卦的賀鳴洲並不知曉。

「沒有。」紀彥坤搖了搖頭，臉上閃過些許難過。「一開始是根本沒有顧上。家裡那麼多的事情，我們自顧不暇，誰能想到報官？之後就是顧及小璃洛和小暮白了。

「我大哥也說了，不要殃及兩個孩子。到底是兩個孩子的親娘，真要將她送進大牢，日後兩個孩子也抬不起頭做人。還有就是，我二哥人都不在了，多少也要顧全他的名聲吧！」

紀彥坤的語氣是有些憤憤不平的，卻又不得不妥協。

「老大，你都不知道，我二哥是多麼好的一個人！不單單是才學好，我二哥人品也很好的，為人處事都特別周全，性子也極其溫和，從未跟人起過爭執。孝敬長輩、疼愛弟妹，那麼寬厚良善的一個人，不該在死後還要蒙受名聲被損的難堪……」紀彥坤說到最後，嗓音不由自主就哽咽了。

「我知道你二哥。」

賀鳴洲是見過紀昊辰的。不可否認，紀昊辰是一位非常出色的學子，也是一位風度翩翩的正人君子。

「咦？老大你居然知道我二哥？」紀彥坤詫異道。

知府衙門所有人都知道，賀鳴洲除了辦案，其他事情都是充耳不聞，全然不關心的。

「對，見過一、兩次。」若是旁的學子，賀鳴洲確實不認識，也不記得，但紀昊辰過於耀眼，偶然間在路上碰到，難免就給賀鳴洲留下了印象。

確定賀鳴洲是真的見過紀昊辰，紀彥坤猶如找到畢生知己，腦袋一熱，就朝著賀鳴洲說道：「老大，我不相信我二哥是失足落水！」

賀鳴洲皺了皺眉頭，目光鋒利如刀，定定地看著紀彥坤。

「真的！我二哥為人最穩重不過了，而且他會泅水！」生怕賀鳴洲不相信自己，紀彥坤急忙解釋道：「還有，我爹爹去了乾元城一個月，突然就病逝了，這其中肯定有蹊蹺！」

當時一切發生得太快，紀家人都處於悲傷之中，根本就沒有細想，也無處發難。乾元城距離鳳陽城那麼遠，他們就算想要去詢問究竟，也無能為力。

等到一切看似風平浪靜地過去，其實紀家每一個人心裡都是存著疑惑的，只不過因不想讓其他人擔心，這才強行藏著沒有說出口。

「我會託人在乾元城查探一二。」

若確實如紀彥坤所說，賀鳴洲心下也有所生疑。

只不過他人在鳳陽城任職，乾元城那邊的事情只能煩請他人幫忙查探，沒辦法親自偵辦。

「真的？謝謝老大！」紀彥坤驚喜萬分，立馬道謝。

「只是查探一二，不一定能有後續。」不想給紀彥坤太多的希望，賀鳴洲提醒道。

「我知道，我知道。就算真的查出來所有的一切都是意外，至少我們一家人都能安心了。」

紀彥坤不是非要力證紀昊辰和紀明和都是死於意外的偏激性子，他只是想要求個真相，讓自己信得過的真相。

而眼前的賀鳴洲，就是紀彥坤十分信任的人。

在紀家的這頓晚飯，比賀鳴洲預期得要更自在。

紀家沒有長輩，衛繁星最大，偏生衛繁星是個不愛客套的，除了一開始進門打了聲招呼，之後就沒再刻意關注賀鳴洲。

紀佩琪三姊妹都是姑娘家，但並沒有刻意避開不上桌，也沒有羞澀臉紅，乃至不敢抬頭見人。她們全程都坦坦蕩蕩地坐著，自行吃自己的，半點也沒見拘束。

而紀彥宇本就是沈默的性子，少言寡語，根本不需要過多應酬。

紀璃洛和紀暮白就更不必多說了，滿桌子的好菜，兩個孩子吃得津津有味，完全顧不上賀鳴洲這個陌生客人。

剩下一個紀彥坤，再是熱情，於每日都要見面的賀鳴洲來說，也早已習慣。

沐浴在如此自在又愜意的氛圍之下，連賀鳴洲都克制不住地多吃了半碗飯。臨別告辭的時候，面對衛繁星明顯客套的那句「下次再來」，賀鳴洲也是難得地沒有一口回絕，反而輕輕點了點頭。

送走了賀鳴洲，紀佩芙長長地鬆了口氣。「不管見多少次賀總捕快，我都不敢大聲說話，拘束得緊。」

「能壓得住妳的性子，是好事。妳以後多跟賀總捕快接觸接觸，沈澱過於跳脫的脾氣。」紀佩琪卻是不同的意見。

「別！千萬別！一次吃一頓飯，我就很壓抑了。多來幾次，我肯定喘不上氣來。」紀佩芙嘟囔道。

「不會吧！我瞧著五妹晚上吃得挺多，筷子都不帶停一下的，哪裡拘束了？」還壓抑？

紀佩瑤聽得只想笑。

「我那是不敢說話，就只能埋頭苦吃唄！」過於誇張的說法被紀佩瑤不留情面地戳破，紀佩芙默默為自己找補。

紀佩琪就被逗笑了。「我倒是希望這位賀總捕快以後能時常來家裡做客，正好也能震懾某些宵小。」

「有我呢！有我在，同樣能震懾那些宵小！」紀彥坤連忙站了出來。

紀佩琪三姊妹同時看了過去，臉上是一模一樣的不信任表情，直把紀彥坤氣得跳腳。

「我就是輸在年紀太小了。要是我早生幾年，肯定也能像我老大這般的英明神武！」

伴隨著紀彥坤張牙舞爪的喊叫，紀家再度笑聲一片。

至此，雖然余家外婆和三舅母的到來引發了些許不愉快，但也很快就消散，並未在紀家留下太多痕跡。

這一夜，紀家眾人依然是美夢香甜，睡得很是舒服。

大年初三，紀佩琪的探親假到了極限，必須要離開了。

紀佩瑤和紀佩芙一早起來開始忙碌，就為了多給紀佩琪準備一些吃食帶上。

紀佩琪沒有攔著兩個妹妹的心意。

回來鳳陽城這三日，她看得分明，家裡一切都安好，甚至比爹娘還在世的時候要更富足。

故而，不管是吃食還是其他，只要家裡為她準備了，紀佩琪都不會客套，盡數欣然收下。

只有這樣，才能讓家人安心。

眼看著東西都已經準備妥當，紀佩琪收拾好心情，正要起身出門，紀家大門毫無預兆地被敲響。

再一看，竟然是紀家一眾親戚上門來了。

第二十九章

見到這些人，紀佩瑤幾人的臉色瞬間就沈了下來，顯然是不歡迎他們的。

紀家二伯也知道他們這些人不受歡迎，可沒辦法，他們有正事要說，自然需得登門。

「四丫頭，聽說妳找了油坊的活計？怎麼也不早點知會二伯和其他叔伯？這麼大的事情，就由著妳一個小丫頭擅自作主了？像話嗎？」

一上來就是劈頭蓋臉的質問，足以可見紀家二伯是多麼心急。

莫名其妙被紀家二伯指責，紀佩瑤再好的性子，也覺得甚是無語。「我大嫂找回來的活計，為何要知會二伯和其他叔伯？」

「妳還問緣由？當然是因為妳一個姑娘家，早晚要嫁出去，怎麼有臉貪下我們紀家的活計？妳趕緊的，過完年馬上把活計讓出來，妳幾個堂哥和堂弟都等著呢！」紀家二伯盛氣凌人地命令道。

「作夢！我四姊的這份活計，是要留給我三姊的，憑什麼讓出來？堂哥堂弟他們要找活計，只管自己找去，跑到我們家鬧什麼鬧？」紀佩芙登時就不答應了，氣呼呼地嚷道。

「妳一個小丫頭片子懂什麼？懶得跟妳多說。我是你們二伯，是長輩！你們爹娘不在了，就合該我這個二伯代為管教你們！你們膽敢忤逆長輩？也不怕你們爹娘半夜從棺材裡跳出來，訓斥妳們兩個不懂禮數的丫頭片子……」紀家二伯越說越起勁，言語也越發難聽。

回答紀家二伯的，是一條直衝腦門的小板凳。

下意識地躲開，差點被砸個頭破血流的紀家二伯火冒三丈，狼狽地轉過身。「誰幹的？給我站出來！」

「哪兒來的瘋狗，跑到我們家的地盤上撒野？」衛繁星慢條斯理地從屋子裡走出來，帶著不可一世的囂張氣焰，比紀家二伯的氣場還要大。「小七人呢？趕緊出來，把瘋狗轟出去！」

「來了、來了！大嫂，我剛在屋裡練武，這就把瘋狗趕出門去！」

紀彥坤這話當然是假的。剛剛他是被紀彥宇給拉住了，這才慢了一步。

否則以他的性子，肯定第一時間就衝出來跟紀家二伯幹起來了！

「不像話！太不像話了！什麼瘋狗？你們怎可辱罵長輩？你們……」紀家二伯從未受過這般羞辱，差點氣得吐血。

紀家其他親戚也都露出了不悅的神色，憤憤不平地開始幫腔，指責衛繁星和紀彥坤的不是。

當然，紀佩瑤她們姊妹也沒被漏下，反正就一股腦兒地逐個說，沒有一個得到半句好聽話的。

「所以這是組團上門來欺負人了？小七，你如今在衙門當差。你說說，這些人該怎樣處理？」衛繁星才不怕被人說道。

別說來的是紀家一眾親戚，哪怕此時此刻站在這裡的是原主的娘家人，也動搖不了衛繁星的心志。

「當然是報官，全部抓起來！」

紀彥坤對這些親戚本就帶著不滿，再聽這些人話語說得極其難聽，擺明就是想要欺負他們一家，紀彥坤就更不客氣了。

「那就這樣辦吧！」擺擺手，衛繁星施施然找了張椅子坐下。

「好！」得了大嫂的授意，紀彥坤高興地捋起袖子，打算現場抓人。

「什……什麼意思？你們想幹什麼？不准過來！」

在來之前，紀家二伯可是胸有成竹的。

紀明和這一房如今就只有兩個小丫頭片子，連帶兩個半大的小子，根本撐不起這個家。他們這些長輩都集體找上門去了，紀佩瑤四姊弟哪裡敢對著幹？可不就得老老實實地把活計交出來？

可紀家二伯萬萬沒有料到的是，這才大半年不見的光景，不單單是紀佩芙這個凶丫頭變得越發野蠻，連紀佩瑤、紀彥坤都如此蠻橫不講理，毫無禮數了？

「佩琪？妳是佩琪吧？妳什麼時候回來鳳陽城的？」看紀彥坤似乎是來真的，紀家其他親戚也都有些心慌。關鍵時刻，紀家一位姑姑認出了紀佩琪，喊出聲來。

「佩琪？」

「真是佩琪啊？」

「怎麼會？」

一時間，紀家這些親戚都跟著轉移了心思，齊齊看向一直沒有說話的紀佩琪。

紀家二伯也在這個時候盯上了紀佩琪。「三丫頭，真是妳？趕緊的，妳管管妳這些不像話的弟弟妹妹！哪有這般對待長輩的？你們爹爹還在世的時候，他們可是一個比一個乖巧，可別被外人給帶壞了！」

無須多言，紀家二伯嘴裡的「外人」，指的就是衛繁星了。

之前紀昊渲娶妻的時候，並未大辦，只是通知了紀家這些親戚。

彼時，紀明和夫妻兩人去世，紀昊辰也不在，雖說紀昊渲當家，可想也知道他很快就要前往邊關。

再然後，鳳陽城就只剩下紀佩瑤他們幾個小的了。

若只有紀佩瑤和紀佩芙，姑且還好，兩個丫頭都十五歲了，養兩年就能嫁人，到時候還能收兩筆彩禮錢，不虧。

可還有紀彥宇和紀彥坤這兩個十歲的小子呢！

小子不比姑娘家，光是養大就不知道需要多少糧食。萬一日後賴上他們，還要他們幫忙娶妻生子……

光是想想就負擔很大，壓力很重。

他們自家又不是沒有兒子，做什麼要幫別人養兒子？十歲大，已經懂事了，再養也養不熟，平白浪費自家糧食和銀錢罷了。

更別說最下面還有一對龍鳳胎，又是兩筆說不清楚的爛帳！

總而言之，紀明和留下的攤子太大、太重，他們其他人都擔不起，索性就一致決定避開了。

這般前提下，聽聞紀昊渲娶妻，他們登時就鬆了口氣，沒有任何愧疚地把攤子往外一送，跟他們毫不相干了。

彼時躲都來不及，他們當然不可能來吃酒或者認人。

反之，紀家二伯這些人，當初巴不得紀昊渲一家子一輩子都別再找上門去，省得他們又要被左鄰右舍說三道四地議論紛紛。

而之後，紀佩瑤姊弟幾人確實沒再出現在紀家二伯他們的生活中，可不就正好如了紀家二伯他們的意？

誰能想到這大過年的，紀家二伯母回娘家走動，恰好就聽聞了紀佩瑤如今人在油坊幹活計的事。

紀家二伯母的娘家人真以為紀家人關係很好，這才提起此事。倒也沒什麼壞心眼，就是單純感嘆紀家人有本事。

那個盛油小工的活計，不知道多少人盯著呢！誰也沒有料到，最後竟然落在了紀佩瑤這個聽都沒有聽說過的小姑娘手中。

最開始，有人打聽到紀佩瑤父母雙亡，還想要從中做些什麼的，但是下一刻，他們就得知紀佩瑤有一個在糧站當會計的親大嫂。

而且紀佩瑤這份活計，據說還是糧站總帳房幫忙牽線搭橋定下來的！

再然後，一些蠢蠢欲動的人就沒敢背地裡使壞，也沒敢去欺負紀佩瑤這個新人……

紀家二伯母是真不知道還有這麼一齣。

當初為了甩開紀明和這一家子累贅，她沒少在紀家二伯面前說紀佩瑤他們姊弟幾人的是非，話裡話外都將紀佩瑤他們貶至泥土，總算成功說服紀家二伯答應不再過問他們姊弟的事情。

自然而然，紀家二伯母之後也沒刻意打探過紀家姊弟幾人過得究竟如何。潛意識裡，她害怕自家需要貼補紀佩瑤姊弟，著實捨不得自家的銀錢。

連帶這大半年跟紀家其他親戚來往的時候，紀家二伯母從未提及過紀佩瑤他們姊弟的近況。反正誰愛關心誰關心去，他們家是絕對不會出手幫襯的。

可紀家二伯母哪裡能想得到，紀佩瑤幾姊弟根本沒有如她所想的那般處境艱難，反而過得紅紅火火？

帶著滿滿的不敢置信，紀家二伯母再三跟娘家人確定無誤之後，飛快地回了自家，連晚飯都沒顧上在娘家吃。

緊接著，紀家二伯知道了這件事。

紀家二伯也是頗為意外。沒有過多猶豫，他就找來了紀家其他親戚。

等聚在一起這麼一說，方才知曉，他們竟然都被蒙在了鼓裡！

若非昨日是大年初二，紀家二伯又是臨時找人，並沒有立馬將所有親戚都聚齊，這些人哪裡肯等到今天初三才找上門來？

天知道昨兒個夜裡，他們睡得多麼不安穩，整顆心都焦灼焦灼的。

「我大嫂不是外人。」比起紀佩瑤的溫柔、紀佩芙的莽撞，紀佩琪的性子就穩重多了，不帶任何的情緒，只神色冷靜地站在那裡，就事論事跟紀家長輩講起了道理。「要不是我大嫂嫁過來，佩瑤他們幾個如今只怕餓死了都沒人理睬。」

「佩琪這話說的……佩瑤他們每個月都有口糧發放，怎麼會餓死？」認出紀佩琪的那位姑姑尷尬地說道。

「就是說！三丫頭好些年沒見，都忘了咱們鳳陽城的日子是怎麼過的吧！也對，下鄉哪裡能比得上留在家裡？這四丫頭他們一個兩個都留在了鳳陽城，成日吃香的、喝辣的，可不是三丫頭一個青娘子能夠比得上的。」

紀家二伯母這話，就是故意挑撥離間了。

在她眼裡，紀佩瑤幾姊弟都還小，好糊弄得很。

紀佩琪卻不一樣。

紀佩琪如今都有二十好幾了，又去鄉下蹉跎了這麼多年，說不定生出多少歪心思，可不好對付。

第三十章

「嗯，我家四妹如今在油坊、五妹去了知府衙門、小七也進了巡邏小隊，確實都過得很好。」

紀家二伯母想要激起紀佩琪的不滿和憤怒，殊不知紀佩琪對自家弟妹的維護，早已越過這些利益算計和紛爭。

再者，紀佩瑤油坊的活計是說開了要留給她的。紀佩琪本人沒有拒絕，便是認可了這一決定。想當然，她不可能對家裡有任何的怨言。

「什麼？五丫頭也有了活計？還是在知府衙門？」這一下，紀家二伯站不住了。「什麼時候的事情？怎麼也沒聽你們知會一聲的？」

「對啊！還有七小子才多大？進什麼巡邏小隊？這又是怎麼一回事？」紀家二伯母也繃不住了，著急地追問道。

紀佩琪笑了笑，故意不接這兩位的話，只輕描淡寫地回道：「反正我們家如今一切安好，就不煩勞諸位長輩費心了。」

「欸，不是，三丫頭到底搞沒搞清楚狀況？這四丫頭和五丫頭以後都是要嫁人的，怎麼能把活計給她們兩個丫頭片子，肯定要留給咱們紀家自己人啊！妳看妳堂哥堂弟，隨便挑一個出來，都能頂上油坊和知府衙門的活計，怎麼也輪不到四丫頭和五丫頭的頭上才是。」利益當前，紀家二伯母也顧不上挑撥離間了，直截了當地說出自己的真實想法。

「二伯母弄錯了。四妹油坊的活計，是要留給我的。」紀佩琪面不改色地回道。

「什麼？給妳的？妳都嫁人了吧，憑什麼還回娘家來討活計？三丫頭，妳年紀也不小了，可不能仗著爹娘不在，妳就吃裡扒外地回娘家來占便宜。妳真要這樣做了，我們這些當長輩的可是不依的！」紀家二伯母越發急了，跳腳喊道。

紀家其他親戚也都紛紛出聲，七嘴八舌地開始指責紀佩琪。

「我說——」

衛繁星已經很不耐煩地聽了很久，見這些人竟然越說越不要臉，她直接就抄起牆邊的棍子，狠狠地敲在了自家臺階上。

一陣又快又密的敲打聲起，瞬間就嚇得紀家一眾親戚沒了聲音。

撇撇嘴，衛繁星的嗓門倒是並不高，只帶著淡淡的諷刺。「是不是別人不發火，你們就當別人是傻子？」

迎上衛繁星，紀家二伯母莫名有些發怵。

首先，她不認識衛繁星，想要在衛繁星面前擺長輩的架子，卻又立不住腳。

其次，她很清楚衛繁星是糧站的會計，也是紀佩瑤他們姊弟如今的靠山和主心骨兒，肯定不好糊弄。

最後，他們這些人想要討的活計肯定都是衛繁星找來的，衛繁星勢必不會答應！

也是諸多考量之下，紀家二伯母他們才打算直接找紀佩瑤姊妹發難。想著只要鎮住了紀佩瑤姊妹，乖乖將活計讓出來，其他事情都好說。

屆時哪怕衛繁星站出來為紀佩瑤姊妹出頭，也不能將他們怎麼樣。左右他們的目的已經達到，要走了油坊的活計。

可眼下的情況，明顯沒有按著紀家二伯母他們的預期。

先是紀佩瑤打死不肯配合地讓出油坊的活計，他們又突然被告知，紀佩芙的手中也有一份活計，還是在知府衙門的活計……

光是想著，紀家二伯母他們就忍不住眼饞，就越發按捺不住了。

只可惜，紀佩瑤和紀佩芙兩姊妹都變得不好說話，衛繁星又在這個時候站了出來，一時間，紀家二伯母就不知道該從何處下手了。

「妳是大小子的新媳婦吧！咱們紀家能娶到妳過門，實在是紀家的福氣。今兒個，二伯帶著這些親戚登門，也不為別的，就是想好生跟妳說說咱們紀家的以後。」紀家二伯母不知道該說什麼，紀家二伯卻是有話說的。

「妳看，不管是三丫頭、四丫頭，還是五丫頭，到底是姑娘家，早晚都是別人家的人。咱們紀家的活計，萬萬不能落到她們的手上，否則大小子人在邊關，心也不能安穩不是？」紀家二伯說這番話的時候，別提多理所應當了。

隨即，他又胸有成竹地承諾道：「老大媳婦，妳放心，這兩份活計給了家裡的堂哥堂弟，大家都會念妳的情，感妳的恩。這從今以後，但凡妳遇到什麼難處，只要妳開口，咱們一大家子親戚都會出手幫忙的。這樣就算大小子人不在鳳陽城，妳在紀家的日子也不會太難——」

「打住。」聽著紀家二伯越說越不可理喻，衛繁星不客氣地嗤笑出聲。「你知道我嫁來紀家以後過的是什麼日子，就敢站在這裡大放厥詞？」

「老大媳婦，妳——」紀家二伯微微變了臉色，剛想斥責衛繁星不敬長輩，就再度被衛繁星打斷。

「我是不知道你口中的難處是什麼，反正自從我來到這個家，廚房沒進過、飯菜沒做過，沒有洗過一個碗、沒有掃過一次地。就連早上的洗臉水、睡前的洗腳水，都有人主動給我端到面前。當然了，平日喝水什麼的，更是不需要我動手。喏，這兩個小的，我不開口，都會乖乖把溫水送到我嘴邊。」

隨手指了指不知何時出現在院子裡的紀璃洛和紀暮白，衛繁星語調輕揚，儼然一副得意洋洋的嘴臉。

「什麼？」紀家二伯愣住，完全沒想到衛繁星會說出這麼一番話來。或者說，他根本沒有想到，衛繁星在這個家裡竟然如此囂張跋扈，連只有四歲的龍鳳胎都被她使喚著端茶倒水。

紀家二伯母也覺得不可思議。「假的吧？洗臉水也就算了，洗腳水都給妳端？哪個傻子願意？」

「我啊！」紀佩芙努努嘴，總算找到機會開口了。「我就樂意給我大嫂端洗腳水，怎麼？還礙著二伯母妳的眼了？」

「還有我哦！我也給大嫂端洗腳水了！」紀彥坤得意地挺起胸膛，好似幹了什麼了不得的大事。

紀家二伯母沈默了下來，張張嘴又閉上，好半天都沒有發出聲音。

紀家其他親戚也都是無言以對的神色，想說些什麼，又找不到很好的切入點。

衛繁星卻是還有話說。「至於你們惦記的活計，也不用想了。佩瑤只幹兩年就回來家裡待著。佩芙也是，一個臨時的活計，還不一定能幹幾日；即便真能幹得長久，等過幾年彥宇大了，她也得把活計讓出來。」

「不是說油坊的活計是留給三丫頭的？」紀家二伯懷疑衛繁星在故意糊弄人。

「不然呢？佩瑤如花似玉的年紀，不嫁人的？就像你們說的，紀家的活計，當然要留在紀家。佩琪就不一樣，她下鄉十年，再回來年紀都大了，也不好說親，先讓她幹著；等她找到合適的人家嫁出去，活計不得留給家裡其他幾個小的？實在嫁不出去也沒事，等暮白長大了，油坊的活計正好給暮白。左右都是紀家的孩子，還是男娃，理所應當不是？」衛繁星這話就是故意反諷了。

偏生紀家二伯他們非但沒覺得諷刺，甚至還深以為然，差點沒忍住地跟著點了點頭。

「欸，不是！彥宇不是在學堂讀書，妳以後不讓他科考的？還有暮白這個小豆丁才多大，妳都給他安排到十幾年後了？」紀家二伯母家裡有兒子正急著找活計，腦子不免就轉得快一些了。「這樣，老大媳婦，妳先讓四丫頭和五丫頭把活計讓給她們堂哥堂弟幹幾年，等你們家彥宇和暮白有需要了，咱們再把活計還給你們。」

「對對對！這樣可行。」

「沒錯，彥宇和暮白都不著急，他們堂哥堂弟著急著呢！」

「老大媳婦，妳也說了，三丫頭年紀大了不好說親。妳看咱們這些堂哥堂弟的年紀也不小了，先把活計給他們充充場面，讓他們先成個親，可以不？」

「可不是。咱們都是一家人，凡事好商量嘛！你們家這幾個小的不管是男娃，還是女娃，都不急著成親，年紀小著呢！肯定要先緊著咱們家這幾個大的才行啊！」

從一開始的商量口吻，到後面的篤定，紀家一眾親戚儼然已經把紀佩瑤和紀佩芙的活計視為了囊中之物，根本不肯罷休。

賀鳴洲就是在這個時候來到紀家的。

大老遠看到紀家大門沒有關，門口還站著一堆人，賀鳴洲面色未變，腳下卻是加快了速度。

等走到近前，正好就聽到紀家一眾親戚厚顏無恥找衛繁星討要活計的豪言壯語。頓時間，賀鳴洲對紀家這些外來人的印象極差。

「紀小七！」無視擋在門口的這些外人，賀鳴洲衝著紀家院子裡喊道。

「老大？」沒想到賀鳴洲會這個時候到來，紀彥坤登時就活了起來，揮舞著雙臂開始趕人。「讓開、讓開！都讓開！」

紀家二伯是站在最前面的，率先就被紀彥坤推了個正著，差點沒站穩摔倒在地。臉色沈了下來，紀家二伯氣得不行。

「幹什麼呢？有沒有尊卑？規矩呢？禮數呢？像不像話——」

第三十一章

紀家二伯還待繼續罵，猛地一扭頭，就看見一身捕快官服的賀鳴洲站在那裡，手中還握著刀柄。

沒有任何預兆，紀家二伯就沒了聲音。

紀家二伯母他們也都是迅速噤聲，齊齊低下頭去。

「怎麼回事？」望著紀彥坤，賀鳴洲沈聲問道。

「來搶我四姊和五姊活計的。」沒有給紀家這些親戚留臉面，紀彥坤逕自回道。

紀家二伯想要罵人。這話是隨便能說的嗎？沒看見來的是身穿官服的捕快大爺！

「報官沒？」賀鳴洲的回答簡潔明了，絲毫不拖泥帶水。

「欸，不是，這是家事、家事，不報官，咱家不報官。」紀家二伯母忍不住了，急急忙忙說道。

「什麼家事？昨兒個，余家那兩人也是跑來咱家鬧，不同樣關進大牢了？還是小七親自送進去的呢！」紀佩芙撇撇嘴，故意揚高了嗓門。

什麼余家？還關進大牢了？何時的事情，他們怎麼都沒聽說？

這一刻，包括紀家二伯在內的一眾親戚，盡數心下打鼓，不敢置信地轉過頭來看著紀佩芙。

「你們都看我幹什麼？我說的是事實，又不是在撒謊。不信，你們大可問賀總捕快啊！昨天也是賀總捕快來的呢！」紀佩芙說著就指了指面無表情的賀鳴洲。

紀家二伯一眾人心下就更慌了。

昨天也是這個捕快來的？那豈不是說，紀佩瑤他們一家子跟這個捕快交情匪淺？

怪不得紀彥坤一口一個「老大」地喊著，紀佩芙也知道這位捕快姓甚名甚……

至於余家？反應快的已經想到紀璃洛和紀暮白的外家了。

也就是說，紀佩瑤他們真的報官抓了自家親戚？

這樣一想，紀家二伯他們深覺進入虎穴，唯恐下一個被抓進大牢的真是他們自己。

「今日余家來人去衙門交贖金了。」當著紀家二伯的面，賀鳴洲直言道。

「那可放人了？」沒有多想的，紀彥坤問道。

賀鳴洲神色不變，回道：「不足三日。」

「對哦！就算交了贖金，也得關夠三日才放出來，我差點給忘了。」紀彥坤嘿嘿一笑，傻傻的。

紀家二伯一眾人卻不覺得紀彥坤傻，只覺得此時此刻的紀彥坤在無情地嘲諷他們的無知。

更甚至，他們認定這是紀彥坤對他們的威脅，以及最後通牒。

「那、那什麼，我家裡還有事，就先回去了。」還是認出紀佩琪的那位姑姑率先扛不住了，轉身就跑。

有一就有二。隨後，接二連三，紀家這些親戚紛紛找著一點也不高明的說辭，匆匆離去。

還有連說辭都找不出來，索性閉口不言，直接就轉身溜走的。反正是一刻也待不下去，滿心都是擔憂了。

紀佩瑤幾姊弟自然不會攔著這些親戚離開，反而是將視線放在尚未離去的那幾人的身上。

紀家二伯就被看得有些不自在了，好一會兒，也沒能想出更好的應對法子。最終只能黑著臉，咬牙走人。

紀家二伯這個領頭羊一走，剩下那幾個刺頭兒瞬間沒有了主見，連忙灰溜溜地跟上。

等院子裡只剩下衛繁星和紀佩瑤他們自家人的時候，賀鳴洲這才將手中一直提著的東西遞給了紀彥坤。

「咦？這是什麼？」好奇地看著賀鳴洲遞過來的東西，紀彥坤直接問道。

「家裡送來的一些特產。」

賀鳴洲沒回乾元城，賀家長輩惦記得緊，大過年就託人送來了吃食，生怕賀鳴洲獨自留在鳳陽城虧待了自己。

「特產啊！」紀彥坤頓時來了興趣，也沒跟賀鳴洲客套，上手就要拆包。

「小七！」紀佩琪和紀佩瑤同時出聲，不贊同地想要制止。

「我跟老大誰跟誰啊，不客氣的。」紀彥坤手下沒停，嘴上嘀咕道。

紀佩琪微微皺眉，第一時間去看賀鳴洲的神色，確定賀鳴洲沒有生氣，這才舒展了眉頭。

紀佩瑤則是立馬扭頭去看衛繁星。見衛繁星沒有制止紀彥坤的打算，方才輕輕嘆氣，閉口不言。

被這兩姊妹的反應逗笑，衛繁星是真沒覺得有什麼。

她對賀鳴洲這個總捕快的印象真心挺好的，也看得出來賀鳴洲不是那種會敷衍客套的性子。既然賀鳴洲送了特產過來，他們收下便是。這份人情只管記在紀彥坤的頭上，日後有機會再還回去。

有來有往，才是上策。

否則，今日拒絕了賀鳴洲送來的特產，想必賀鳴洲日後不會再輕易登門。彼此互相拒絕的次數多了，自然變得生疏，反而不是什麼好事。

賀鳴洲沒有拿特別貴重的東西過來。不是他送不起，而是不想給紀家人增添不必要的負擔。故而，就只拿了吃食。

有好吃的，紀彥坤喜歡，紀璃洛和紀暮白也高興。一大兩小當著賀鳴洲的面就開吃了起來，臉上都掛著大大的笑容。

見紀彥坤他們確實喜歡，賀鳴洲輕輕點頭，就要告辭離去。

「總捕快，等等。」

紀佩瑤連忙叫住人，轉身去廚房飛快收拾了一個食盒出來。也顧不上多的禮數，直接就送到了賀鳴洲的面前。

「這是早上給我們三姊準備吃食多出來的，還望總捕快不要嫌棄。」

賀鳴洲自然沒有拒絕，更不會嫌棄。

紀佩瑤的廚藝，他是極其喜歡的。這麼一段時日吃下來，他早已上了心。坦然接受的同時，也實實在在地願意跟紀家人繼續多來往。

送走賀鳴洲，再沒有多的時間留給紀佩琪耽擱。匆匆跟家人道別，她大踏步走上去河裡村的路。

至於家裡，有衛繁星這個主心骨兒在，她很是放心。

離別肯定是傷感的。好在大家都知道，紀佩琪再過兩年就能回來鳳陽城，心下姑且好受一些。

緊接著，日子照常要過。

過了正月十五，衛繁星他們就都要上班了。

趕在開工之前，衛繁星送了紀璃洛和紀暮白去學堂報名，以後兩個孩子就交給紀彥宇盯著了。

因為是龍鳳胎，年紀又還小，學堂沒有刻意將紀璃洛和紀暮白分開。兩個孩子湊在一塊兒，互相陪伴，倒也不害怕，沒幾日就適應了在學堂的新生活。

至此，衛繁星徹底甩手，越發輕鬆。

正月底，紀昊渲的家書順利送到紀家。這一次，多了一封是給衛繁星的。

詫異地揚了揚手中的信，衛繁星到底還是拆開了。

紀昊渲的家書並不長，也沒有很多的溫言細語，就是簡短地提及他又一次立了功，再度升了一級。年後開始，他的俸祿會有所增長，提至一兩半銀子一個月。

而他之前預提的俸祿差不多已經還清，以後就能每個月往家裡寄銀錢，減少衛繁星身上的壓力和重擔。

同時，感激她照顧家中弟妹的辛苦，如果衛繁星有任何想法，大可提出，他定然會滿足，絕對不會故意困住衛繁星……

前面有關升職長俸祿的事情，衛繁星看得還是很滿意的。

哪怕人在邊關，生死攸關，但紀昊渲明顯不是貪生怕死之輩，也有自己的追求和抱負。照目前的走勢，如若不出意外，紀昊渲應該能博出一個不錯的前程。

不過後面的那幾句話，衛繁星看著看著，嘴角就勾了起來。

這是怕她心裡有其他想法？還是打算跟她散了？

想來是前者吧！哪怕衛繁星不是多麼自戀的人，也能坦坦蕩蕩地說，她如今的條件就是比紀昊渲優秀。

所以，紀昊渲肯定不敢嫌棄她，只有她嫌棄紀昊渲的分。

只是，莫名其妙地突然來這麼一齣，紀昊渲是打仗打得腦子犯昏了？

同一時間，紀佩瑤也拿著手中的家書在犯愁，臉上掛著複雜又難受的表情。

「這是怎麼了？大哥受傷了？」

今兒個的家書是紀佩瑤率先打開看的，紀佩芙還沒來得及看，說著就要搶走家書。

「等等。」紀佩瑤將家書捏在自己手裡，避開了紀佩芙的手。「大哥沒有受傷。反之，大哥官升一級，還漲了俸祿，一個月有一兩半銀子了。」

「那不就是跟大嫂一樣了？大哥可真厲害！」紀佩芙下意識就誇出口。然而下一刻，她又露出了狐疑的神色。「大哥升官是好事，妳怎麼還不讓我看家書了？總不至於是騙我的吧？」

「沒有騙妳，就是……」

紀佩瑤猶豫再三，實在說不出口。

趁著紀佩瑤的注意力都在紀佩芙身上，一旁的紀彥坤猛地抽走紀佩瑤手中的家書，老老實實地遞給了紀彥宇。

轉而對上紀佩瑤責怪的眼神，紀彥坤連忙舉起雙手，一臉無辜。

「是彥宇讓我幹的！」

紀彥宇沒有辯解，低頭兩三下掃完家書內容，臉色陡然間沈如水。

「怎麼連小六都是這個反應？到底怎麼了嗎？你們這是要急死我嗎？」紀佩芙按捺不住地跳腳。

跟紀佩瑤不同，紀彥宇沒有藏著掖著，直接把家書給了紀佩芙。

紀佩芙連忙飛快讀起了家書的內容。

嗯，前半段跟四姊說得一樣，大哥立功了、升官了、漲俸祿了。後半段，先是提出大嫂照顧家裡的辛苦……對、對，紀佩芙都認可。

不過，緊接下來是什麼狗屁話？讓他們不要攔著大嫂另外嫁人？嫁人？嫁什麼人？誰要嫁人？不准、不許！想都別想，門都沒有！

第三十二章

「大哥瘋了吧？」

紀佩芙都看過家書了，當然也少不了紀彥坤。

「確實瘋了。」紀佩芙狠狠地點頭，全然不見往日裡對紀昊渲這個大哥的敬重。

少有地沒出聲責備弟弟妹妹，紀佩瑤左右看看，最終，心慌地問向了一直沒說話的紀彥宇。

「小六，你看這事……」

「絕無可能。」紀彥宇冷冷地丟出四個字。

「可大嫂在咱們家確實受了很多委屈。咱們家之前那般困難，都是大嫂一個人撐著。如今大哥升官漲了俸祿，咱們也都紛紛有了著落——」紀佩瑤話語還沒說完，就被紀佩芙打斷了。

「誰有著落了？我還沒嫁人呢！四姊，妳也還沒成親，小六和小七更是年紀尚小，遠著呢！還有、還有，璃洛和暮白才幾歲？他們都不要人管著的啊？」紀佩芙的嗓門很大，可越是大，就越是彰顯出她此時此刻的心虛。

「就是、就是！我以後娶媳婦，還要大嫂給我把關。大嫂不給我張羅，誰家姑娘我都不敢娶。這算一算時間，起碼得等個至少十來年的，萬一我到二十五歲還沒娶到媳婦呢？大嫂不得給我盯著啊！」紀彥坤明顯也慌亂了，開始胡言亂語。

紀彥宇倒是沒再開口，但只看他極其冰冷的神色，就足以力證他的拒絕態度。

「我也不想大嫂離開咱們這個家，可是……」紀佩瑤是猶豫的，也是遲疑的。她不想自家人困住衛繁星，那樣太自私了，也太不應該。

「沒有可是！我問大嫂去！」

到底是紀佩芙率先繃不住，扭身就往外跑。

「我也去！」紀彥坤的眼圈都快要急紅了，緊隨跟上。

「欸，你們別去，趕緊回來！」紀佩瑤想要叫住兩人，嗓門又不敢太大，顯然無濟於事。

紀彥宇沒有動，緊繃著身體坐在那裡，嘴唇抿得緊緊的，眼中黑色如墨，看不出丁點的情緒。

「大嫂！妳要另外嫁人了？」衝到衛繁星的面前，紀佩芙直接嚷道。

「嗯，誰說的？」衛繁星詫異地抬起頭。

「我大哥說的！」氣呼呼地揚了揚手中的家書，紀佩芙的嗓門尤其大。

「我可沒給妳大哥寫過家書，誰知道他是怎麼想的。」衛繁星攤攤手，一臉無辜。這個鍋太大，她可不揹。

「妳真沒想另外嫁人？」

衛繁星的話，紀佩芙肯定是相信的。不過，她就是心下有些不安。

「我如今的日子過得好端端的，幹麼要另外嫁人？換一戶人家，能有你們幾個這麼聽話的伺候我？」衛繁星說著就笑了起來。

「妳要是一直留在咱們家，我肯定伺候妳一輩子！」想也沒想，紀佩芙保證道。

「成啊，我等著妳。」衛繁星點點頭，應答得頗為爽快。

她這話倒不是在糊弄誰，而是實打實的心裡話。

即便是在現代，衛繁星都不能保證，她嫁人以後的婆家能有如此輕鬆和自在。

更何況是來了這乾元朝，但凡換個處境，衛繁星想也知道即將會是何其雞飛狗跳。屆時以她的性子，肯定會鬧得大家都不得安寧的。

所以，為了她自己的清靜考慮，也為了他人的安寧著想，她還是繼續留在紀家好了。

「大嫂，我也伺候妳一輩子！」紀佩芙表完態，紀彥坤不甘示弱地緊隨其後。

「乖。大嫂知道，你們幾個都是聽話的。」沒有任何的負擔，衛繁星欣然應允。

「可是大哥那邊……」

得了衛繁星肯定的回答，紀佩芙當然是高興的。不過，轉念一想到紀昊渲，紀佩芙又蔫了。

「那個，我接下來的話可能不是很中聽，但也是不爭的事實。」極為難得地，衛繁星在說話之前還做了一下鋪墊。

隨後，當著紀佩芙和紀彥坤的面，她清了清嗓子。「你們大哥人在邊關，還不定什麼時候能回來，咱們鳳陽城的事情，他真就說了不算，根本不用理睬他的。」

衛繁星這般話語顯然是委婉地經過修辭了的。畢竟邊關戰況連連，誰也不能保證生死，即便是紀昊渲，也隨時都可能發生意外。

衛繁星話音落地，紀佩芙和紀彥坤面面相覷，好一陣沈默。

「大嫂說得對。」就在這個時候，紀彥宇從外面走了進來，神色平靜，語氣篤定。

他自然不是在咒自家大哥發生意外，而是回應紀昊渲說了不算這一事實。

「好像確實是這麼個理。」紀彥坤回過神，下意識就附和了紀彥宇的話。

紀佩芙眨眨眼，再眨眨眼，忽然就長長地鬆了口氣。「所以說，我們是白著急了？大哥說的都是屁話，咱們根本不用理的？」

「不理、不理。」紀佩瑤猛地搖頭，應答得那叫一個快。「咱們只聽大嫂的。」

「大哥人都不在鳳陽城，他說的不算數，傻子才聽他的。」紀彥坤說完還用力點了點頭，自我肯定了一番。

紀璃洛和紀暮白年紀尚小，左看看、右看看，堅定地站在了衛繁星的身邊。「璃洛和暮白都喜歡大伯母。」

衛繁星倒是沒有跟著補一句。「喜歡大伯母，不喜歡大伯？」

沒這個必要，她也不是故意離間人的性子。

其實，她很能理解紀佩瑤他們幾個心裡的害怕。哪怕如今家裡的日子確實好了，可紀昊渲這個大哥歸期不定，紀佩琪也要兩年後才能回來，就只有紀佩瑤他們幾個小的留在鳳陽城，無疑是不安的。

衛繁星沒有嘲笑紀佩瑤他們的膽小，也不覺得需要強行逼著他們必須盡快堅強。到底還只是孩子，實在不必過早的獨立和早熟。

而且實話實說，紀佩瑤他們已經做得足夠好，表現得極其優秀，很多人家的孩子都遠遠不及他們的。

更不必說，她還願意留在這個家裡，他們自然能再當一段時日的孩子。

真等哪日她要離開了，根本不需要訓練，這幾個孩子自己就能堅強地長大。這種本性是刻在骨子裡的，紀佩瑤幾個孩子都不軟弱，完全不必憂心和煩惱。

至此，紀昊渲這兩封家書在掀起一陣波瀾後，又迅速地退去。

不過很快地，剛抵達河裡村沒多久的紀佩琪便收到了紀佩芙的家書。

一開始，紀佩琪還在疑惑，她才離家沒多久，怎麼就這麼快寫家書給她了？

等看完家書內容，紀佩琪皺皺眉，飛快地回了一封家書給紀佩芙。

再然後，她提筆給遠在邊關的紀昊渲寫了有史以來的第一封書信。

過了正月，衛繁星的工作有了變動。

由知府大人親自授意，衛繁星需得前往三個城鎮交換做帳經驗，一個城鎮十日，為期一個月。

「衛會計，妳年前上交的帳目非常地清晰明瞭，咱們知府大人很是滿意。我這邊也沒有經過任何改動，就上報朝廷了。沒承想，年後有三個城鎮的知府大人陸續給咱們知府大人修書，齊齊邀請衛會計前往他們那邊的糧站，名曰交換經驗，實則是希望衛會計能夠多多教導經驗，幫襯幫襯這三個城鎮的糧站。」

來找衛繁星說明此事的，正是招紀佩芙進了知府衙門後廚的黃主簿，也就是紀彥坤的熟人。

「必須要一個月嗎？黃主簿知道的，我家裡都是孩子……」衛繁星倒是願意出外走走，不過一去就是一個月，稍微有點久了。

「這也是沒辦法的事情。其實，一開始說的『十日』，指的是在除去路上的時間，在那三個城鎮待足十日。這樣下來，起碼得一個半月。咱們知府大人也是考慮到衛會計家裡的特殊情況，所以只答應了總共一個月的期限。這樣路上耽擱幾日，衛會計實際在那三個城鎮都待不了十日的。」黃主簿很仔細地跟衛繁星解釋道。

「還有，衛會計家裡的情況，也大可放心。知府大人命賀鳴洲總捕快親自保護紀家姊弟和一對龍鳳胎，斷不容許他們受到丁點的欺負。」

衛繁星身為鳳陽城唯一的會計，身分地位儼然不同。即便是出行，也不能強行勒令，而是試圖商量。

既然想要衛繁星出遠門，該考慮的，知府衙門這邊當然會盡可能地周全。

衛繁星聽得出來黃主簿的言外之意。她真要不想去，強行拒絕，其實是可以的。

但她沒打算這樣做。

黃主簿說得很清楚，其他三個城鎮的知府大人都找上門來了，他們這邊是不好回拒的。

更不必說，身在古代，如此可以多出去走走看看的機會是何其難得。

此般想著，衛繁星就打算應下來。

「對了，衛會計此次出門，咱們衙門是有俸祿發放的。倒是不多，也就五兩銀子。但衛會計即將去的那三個城鎮，也會有十兩銀子的俸祿，作為對衛會計一路奔波和辛苦的酬勞。」知道衛繁星肯定要多考慮考慮，黃主簿接著說道。

「是三個城鎮一共十兩銀子？」十兩銀子肯定是不少的，不過該問的，衛繁星提早就要問清楚。

「怎麼可能？」黃主簿斷然搖頭。「是一個城鎮十兩銀子。」

那就是一共三十五兩銀子的出差費！衛繁星當即準備點頭——

第三十三章

然而，黃主簿的話語還沒說完。

「當然，除了銀子，肯定還會有其他的補助。不過具體是什麼，就得看那三個城鎮是怎麼安排了。我這邊倒是不清楚，沒辦法一次跟衛會計說明白。」

得！衛繁星已經很明白了。反正這次出差的待遇是很好、非常好的！

「行，我去！」沒有任何二話，衛繁星爽快應道。

得到衛繁星的肯定回答，黃主簿不由就鬆了口氣。隨即，又壓低了聲音。「衛會計是個聰明人。此次出門肯定辛苦，路上顛簸不說，離家時日也確實有點長。但之後的回報鐵定也不會少。就比如，衛會計家裡那個妹妹的活計。」

咦？衛繁星抬起頭來，徵詢地看向了黃主簿。

原來紀佩芙在衙門後廚上班這事，也牽扯到她的身上來了？

見衛繁星沒有咋咋呼呼地當場叫出聲來，黃主簿越發滿意，只覺得衛繁星極其穩得住，是個可來往的。

然後，黃主簿就多跟衛繁星說了幾句。「本來衙門後廚那邊的位置一直都有人盯著，是因為衛會計名聲足夠大，令妹才得了這個機會。之前，確實說是臨時頂替，可年後立馬就需要衛會計出遠門，知府大人也覺得有些難為衛會計了。想來令妹這份活計不出意外，是一定能夠保得住的。」

衛繁星瞬間了然，跟著笑了笑。「還請知府大人放心，此次出行，勢必不會讓知府大人失望。」

「衛會計大義！」朝著衛繁星拱了拱手，黃主簿該說的說完，目的達到，告辭離去。

等紀佩瑤他們知道衛繁星要離開鳳陽城，還是一走就一個月，齊齊都有些不情願。

「必須得去嗎？那麼遠，還走那麼久。」紀佩芙癟癟嘴，第一個不樂意。

紀璃洛更是直接，上前就抱住衛繁星的大腿，說什麼也不願意。

紀暮白慢了半拍，卻也走到了衛繁星的身邊，眼看著就要紅了眼眶。

「不是非要出門的吧？怎麼當會計，還要給衙門辦差的？」紀彥坤也是這會兒才知道，不可思議地嚷道。

「真的一定要去嗎？大嫂可不可以不去？」

紀佩瑤很想堅強地說，沒關係，她會照顧好家裡的。

可一想到之前家人離開鳳陽城，傳回來的都不是好消息，紀佩瑤就滿滿的不安。

「可能隨行？」比起紀佩瑤他們的擔心，紀彥宇率先想到的是他能不能跟著一起出門。

「欸，可以一起去的嗎？那我要去的呀！」紀彥坤登時就來了精神，自顧自找到了藉口和理由。「我本來就在衙門當差，功夫也還不錯，我要去！」

紀彥宇的話語問得衛繁星一愣，還沒回答，紀彥坤就又嚷嚷上了。

如此一來，衛繁星反而被問住了。「不知道可否隨行，我沒問黃主簿。」

「我去問！」根本不需要衛繁星多說，紀彥坤轉身就往外衝。

衛繁星沒有攔著紀彥坤。倒不是她多想帶家人隨行，而是紀佩瑤他們幾個的反應遠比衛繁星預期的大，勢必得給他們一點緩衝的時間。

再者，若是真能帶著家人隨行，她確實有些考慮要不要帶上紀彥宇或者紀彥坤。不為別的，單純就是機會難得，多帶著他們走走看看，是好事來著。

在這一點上，紀佩瑤和紀佩芙都要上班，就有些可惜了。

紀璃洛和紀暮白倒是隨時都能出門，但他們年紀太小，不合適出遠門。尤其她此次還是拿了銀子出公差，更不適宜帶上這兩個小的。

紀彥坤走得快，回來得也快。同時，還帶回來了讓他尤為興奮的好消息。

「黃主簿說了，衙門肯定要安排捕快隨行保護大嫂安危的。本來該是老大跟著，可老大身為鳳陽城總捕快，不能輕易離開，必須得留下鎮守知府衙門。所以，我可以跟著去。」

「就你可以隨行？」紀彥宇皺眉問道。

「哦，對了。彥宇也可以去。不過黃主簿說了，就只能帶一個家人隨行。這是公差，不是兒戲。當然我是衙門捕快，不算在內。」紀彥坤笑呵呵地回道。

想也知道，這是黃主簿對他們的照顧。衛繁星瞬間對黃主簿的印象就更好了。

「那就這樣決定。小六和小七都跟著大嫂出門。」連兩個弟弟都要出遠門，紀佩瑤越發不捨。但是左右衡量，她到底還是下定了決心。

比起讓大嫂獨自出門，有小六和小七跟在身邊，互相還能有個照應。

哪怕小六和小七都還小，可小七功夫好，真要有個意外，肯定會竭盡全力地保護大嫂，比外人更靠得住。

還有小六。小六腦子好、性子穩，關鍵時刻也是能夠幫得上大忙的。

再者，還有衙門其他捕快跟著，前往的那三個城鎮的官府勢必也會保護好大嫂，此次出行想來是安全無虞的。

「那我是不是不能跟著去？」極為顯然，紀佩芙也是贊同讓兩個弟弟跟著出門的。不過，她很是惋惜自己沒有這麼好的機會。

「妳要看家。」衛繁星簡簡單單四個字，就給紀佩芙安排了任務。

「嗯，我知道。我會照顧好家裡的。」一眼看自己也有任務，紀佩芙立馬滿意地點點頭。

因為是出公差，確實沒有那麼多的時間放任衛繁星慢慢收拾。

次日一大早，她就帶著紀彥宇和紀彥坤出門了。

出差對紀彥宇和紀彥坤來說很新奇，但是對衛繁星，就還好。不過乾元朝的城鎮，她確實沒見過。

一路欣賞完風景，三個城鎮各有各的特色，著實讓衛繁星大開眼界。

路途顛簸肯定是有的，但好在一路上都順順利利的。三個城鎮跑完，衛繁星不但拿到了三十兩銀子的酬勞，還得了三馬車的謝禮。

是真真正正的三輛馬車。裡面裝得滿滿的，都是三個城鎮的特產，直讓衛繁星不得拒絕。

三位知府也是大氣，不單單是特產，連帶馬車一起都送給了衛繁星。

如此一來，衛繁星倒是得了三輛代步工具，規格都還不錯。

「大嫂！」日盼夜盼，終於盼回了衛繁星，紀佩瑤和紀佩芙同時撲了過去。

紀璃洛和紀暮白也都沒有落下。只不過兩個孩子腿短，跑得慢，就晚了兩步。

「終於回來了！」

說心裡話，能夠出遠門、長見識，紀彥坤還是很高興的。但趕路實在太辛苦，紀彥坤坐得屁股都要疼了。

紀彥宇就覺得還好。讀萬卷書，不如行萬里路，這一趟出行之於他，收穫頗豐。

「給你們帶禮物回來了啊！」難得出遠門，手裡又不缺銀錢，衛繁星那叫一個大方，見到合適的就買，說是揮霍也並不為過。

「好漂亮的衣裙！」即便紀佩芙不是個愛美的，也被衛繁星帶回來的衣裙給驚豔住了。

「佩瑤和佩芙都有，小璃洛和暮白也都有。」既然是買禮物，衛繁星自然公平公正，家裡大的小的都被安排得妥妥當當。

紀佩瑤也沒客氣，當下就開始分起了禮物。

「大嫂，有多的？」女孩子和小孩子的禮物都很好區分，紀佩瑤疑惑的，是剩下來的那一部分。

「這些是小七買回來送人的。」衛繁星說著就指了指身邊的紀彥坤。

「我要送我老大、送衙門的同僚，還有武館的師父和師兄弟們。」

紀彥坤年前才得了賞銀，此次買的東西雖然多，但並不貴，在他的承受範圍內。

相較之下，紀彥宇就沒有動靜了。不是缺銀錢，而是沒有想要送的人。

「賀總捕快是要送的。這一個月，賀總捕快每日都會來家裡探望，委實辛苦又費心。」

紀佩瑤曾推辭過，可賀鳴洲依然堅持上門。

知道賀鳴洲是得了衙門的授意，紀佩瑤也不好再三多言，最終就只能默認了。

一聽紀佩瑤這話，衛繁星就知道，這一個月家裡萬事安好，姑且就放了心。

「大嫂，妳是不是給三姊也買了啊？」怎麼數都覺得眼前姑娘家的禮物可以分成三份，紀佩芙扭頭問道。

「對。本來還想著看看能不能順路拐到妳三姊所在的城鎮，沒奈何不順路，就只能先買回來，以後有機會再給妳三姊寄過去，或者送過去。」

出門去了三個城鎮，卻都不是紀佩琪所在的，衛繁星還是有些遺憾的。

「送過去？大嫂以後還需要出門的嗎？」紀佩瑤立馬問道。

「不確定。但有一就有二，說不定呢？」衛繁星這次出門，多多少少對乾元朝現下的算帳流程有了更深刻的了解和認知。

看那三個城鎮的知府大人對她的態度，衛繁星預感，日後還會有其他城鎮的邀約。只不過這個時間早晚，不在衛繁星的預期，她也左右不來。

「大嫂真要是能過去看看三姊，那就太好了。」紀佩芙忍不住就點了點頭，不過下一刻，她又發愁。「可一直出遠門，大嫂會不會太累啊？」

「還沒定的事情，咱們就別先發愁了。等再有機會，再坐下來慢慢商量。」被紀佩芙最後一句話逗笑，衛繁星說道。

「也對。」意識到是她自己過於杞人憂天，紀佩芙點點頭，不再多說。

第三十四章

伴隨著衛繁星歸來，紀彥坤繼續在武館和衙門來回跑，紀彥宇則回學堂繼續讀書。紀家的一切，再度步入正軌。

與此同時，遠在邊關的紀昊渲，收到了兩封家書。

一開始拿到家書的時候，紀昊渲以為是衛繁星和紀佩瑤各寫了一封。然而仔細一看，卻發現是紀佩琪和紀佩瑤各寫了一封。

紀佩瑤的家書，紀昊渲早已習慣，並不陌生。可換了紀佩琪，他下意識就以為紀佩琪在鄉下遇到了什麼難處，立馬打開了紀佩琪的家書。

紀佩琪家書裡面的內容，跟紀昊渲預期的有著極大的出入。

首先，紀佩琪提到自己年關回鳳陽城探親了。

其次，她講到家裡如今的各種變化。

最後，紀佩琪敬告紀昊渲這個大哥，務必要善待大嫂衛繁星，切勿忘恩負義，做那薄情寡義的負心人。

來來回回將這封家書看了好幾遍，確定紀佩琪並未提及自己遇到的難處，紀昊渲既擔心又無奈。

自家三妹從小就是個有主見的，這麼多年不見，紀佩琪的性子依然透著執拗的堅定。

至於被親妹妹指責忘恩負義、薄情寡義，還被認定是「負心人」，紀昊渲就真的是冤枉了。

他之所以讓衛繁星另外嫁人，正是因為不想拖累衛繁星的人生。

之前娶衛繁星，是為了幫她擺脫娘家的困境。而今，衛繁星的處境遠比自己能夠給予得要好，繼續將衛繁星留在紀家，反而是增添衛繁星的負擔，也是他們紀家在占衛繁星的便宜。

這般長此以往，可怎麼好？

輕輕搖搖頭，紀昊渲接著打開了紀佩瑤的家書。隨後，再度被指責了。

家裡三個妹妹，紀佩瑤的性子最柔也最軟，只要是紀佩瑤寫的家書，一貫都是細緻的關懷，光是讀著就覺得輕言細語，特別好聽又暖心。

紀昊渲哪想到有朝一日，還會收到紀佩瑤滿篇都是指責的家書？足以可見，紀佩瑤這次是真的生氣了，而且氣得不輕。

仔細看完紀佩瑤信上的內容，紀昊渲不禁就對衛繁星又多了幾分好奇。

只是相處了大半年，衛繁星竟然如此受到家中弟妹的信賴和認可？哪怕是先前捲走家裡錢財的二弟妹，也沒這個待遇。

一邊深深暗嘆衛繁星的個人魅力甚是強大，紀昊渲另一邊又極其安心。

若不是衛繁星確實人品足夠的好，他家弟妹不會是這般反應和表現，連他這個大哥都指責上了。

至此，紀昊渲就能越發一心一意地努力在戰場上打拚，更好地保家衛國，寄望有朝一日能安安穩穩地回到鳳陽城，不再讓家人為他擔驚受怕。

在去過三個城鎮之後，衛繁星在鳳陽城糧站的地位儼然又往上提升了一階。

她依然還是頂著「會計」的頭銜，但自己的薪資待遇都直接翻倍，越過了總帳房梅昌振，跟站長持平。

待到這個程度，李嬌嬌忽然就看開了，對衛繁星的態度也恢復了起初的和氣。

沒辦法，實在是差距太大了。

哪怕李嬌嬌奮力追起，都不知道該怎麼追才好，更別提跟衛繁星來個堂堂正正的競爭了。

如今再告訴李嬌嬌，糧站打算升衛繁星為總帳房，她肯定是一丁點的意見都沒有，也不會不滿的。

對於李嬙嬙前後不一的落差和改變，衛繁星並未多言，平日該怎麼相處，還是怎麼相處。

至於升職與否，衛繁星已經做了自己能做的。

接下來，就看糧站的安排了。

糧站站長確實在苦惱這個問題。

起先，他確實有意想要提升衛繁星任職總帳房，連梅昌振自己都默許了這一任職的落實。

可現下面臨的問題是，知府大人那邊傳來口信，衛繁星接下來很有可能再度被借調外派！

哪有自家總帳房一直往別的糧站跑的？這中間摻雜的事情可多，三言兩語根本就說不清楚。

如此一來，衛繁星升職的事情就得耽擱耽擱了。

因擔心衛繁星心下有想法，站長還特意找衛繁星說明了情況。

一聽自己果然日後還有可能要繼續出差，衛繁星點點頭，沒有任何異議就接受了暫時不升職的事實。

畢竟升職只是名頭上好聽而已，可比不上她出差一次的各種補貼，以及額外附帶的附加值。

對此，衛繁星沒有什麼不滿的，也毫無異議。

反倒是李嬌嬌，等來等去，都沒等到衛繁星升任總帳房，一時間又疑惑又懊惱。

疑惑的是，衛繁星怎麼一直沒有升職？

懊惱的就是，她之前過於誇張，竟然因為一些流言蜚語就對衛繁星心生嫌隙，實在問心有愧。

乃至李嬌嬌對衛繁星的態度，就越發地熱情高漲了起來，勢必想要彌補和挽救一般。

衛繁星卻是很淡定。

交朋友本來就是合則來，不合就散，她和李嬌嬌明顯不適合做真心好友，維持普通的人際關係就行了。

相對地，衛繁星日後還是有可能要出差的事情，也沒告知李嬌嬌。畢竟，確實是還沒定下來的安排，隨時都可能發生變動和意外。

與其整日想著還沒發生的事情，倒不如先安安靜靜地過好眼前的小日子。

衛繁星沒有升職的理由，李嬌嬌不知道，梅昌振卻是一清二楚。

梅昌振有些意外，又有些了然，更多的是對衛繁星能力的認可和自嘆不如。

能夠前往其他城鎮的糧站給予指導和幫助，哪怕衛繁星沒有升職總帳房，她已然強過他太多太多了。

接下來的事，讓李嬌嬌等人大吃一驚，梅昌振開始主動向衛繁星請教了。

衛繁星沒有受寵若驚，也沒有盛氣凌人，態度自然，能教就教，並不藏私。

真要有異議的地方，她還會轉而跟梅昌振認真探討，很仔細地聆聽梅昌振的經驗和看法。

一時間，梅昌振和衛繁星的關係就變得融洽了起來。

待到這一年端午節到來，梅昌振還上門去給紀家送了粽子。

衛繁星有來有往，就讓紀彥坤帶著紀璃洛，也給梅昌振還了禮。

送的也是粽子，不過梅昌振家做的是甜粽子，衛繁星則讓紀佩瑤做的是肉粽子。

比起甜粽子，肉粽子在乾元朝是新奇的吃法。有人吃不慣，有人卻特別喜歡。

賀鳴洲就是後者。

或者說紀佩瑤做出來的各種吃食，賀鳴洲就沒有一樣是不喜歡吃的。

就偏偏那麼精準，每次都正好對了自己的口味。連賀鳴洲都覺得意外，接連吃了好幾個月，他仍是沒有吃膩。

以他的口味之挑剔，放在過往那麼多年，實屬稀奇。

連帶賀家人知道此事，還特意追問了一番，紀佩瑤此人到底是何方神聖。

賀家在乾元城頗有身分和地位，雖然而今與人結交不再那般階級分明，但到底還是講究門當戶對的。

有時候差距太大，確實相處不來，也不好來往。

像紀家，原本是跟賀家有很大差距的，尤其紀家長輩早逝，只留下一眾小的互相扶持著過日子。

但是，紀家出了衛繁星這個意外。

緊接著，紀佩瑤姊弟也都一個個各自有了著落，哪怕不如衛繁星那般顯眼出色，但也足以讓人另眼相待了。

所以，賀家人沒有對紀佩瑤的出現有任何異議，反而樂見其成，能讓賀鳴洲在鳳陽城過得舒適又自在。

更甚至，因賀鳴洲的刁鑽口味，賀家人不免都對紀佩瑤的廚藝生出了濃濃的好奇，只待日後尋到機會，勢必要嚐上一嚐。

當然，也要親眼看看紀佩瑤這個「厲害」的姑娘了。

並不知道自己已經在賀家人的面前掛上了名號，紀佩瑤對賀鳴洲的捧場也是十分高興的。

哪怕賀鳴洲從未當著她的面諸多誇讚自己的廚藝，光是賀鳴洲已經雷打不動地接連吃了她幾個月的早飯，對紀佩瑤而言就是最好的評價了。

她聽紀彥坤說過，賀鳴洲來自乾元城，據說家世很好。

想也知道賀鳴洲在乾元城吃過很多好吃的，遠非一個小小的她可以比得上。如此這般，賀鳴洲依然願意吃自己做的早飯，方才彰顯出她的真才實學。

當然，這所有的功勞，都要歸到他們家大嫂的頭上才是。

要不是有大嫂教會她這麼多的新鮮做法，紀佩瑤可沒有信心能做出這麼多好吃的。連她自己，都越發變得自信了起來。

不管怎麼說，有粽子吃就是好的，而且還是肉粽。不管喜不喜歡，這個面子真的是給足了。

賀鳴洲的反應姑且還算坦然，梅昌振就是真的受寵若驚了。

以梅昌振糧站總帳房的身分，當然不至於連一點肉都吃不起。主要是衛繁星這個人自從進了糧站，平日太過冷淡，從未主動巴結討好過上級。甚至除了正事以外，都沒主動跟梅昌振說過幾句話。

梅昌振一直以為，衛繁星是看不上他這個上級，也瞧不起自己來著……

雖然梅昌振也承認，衛繁星這個會計確實有真本事，能力也比他強。

但衛繁星到底是小輩，又是初來乍到的新人，難免就給了梅昌振不小的打擊，心裡自然